曼陀罗悬疑馆

给您最好看的原创悬疑小说

《女神探希娃》系列悬疑推理小说 07

The Clock Strikes Twelve

怡水别墅谋杀案

[英] 帕特丽夏·温沃斯 著

任菲 译

贵州出版集团
贵州人民出版社

图书在版编目（CIP）数据

女神探希娃・怡水别墅谋杀案 / [英]帕特丽夏・温沃斯著　任菲译—贵阳：贵州人民出版社，2018.6

ISBN 978-7-221-13867-5

Ⅰ.①女…　Ⅱ.①帕…　②任…Ⅲ.①推理小说－英国－现代　Ⅳ.①I561.45

中国版本图书馆CIP数据核字（2018）第118857号

女神探希娃・怡水别墅谋杀案

[英]帕特丽夏・温沃斯/著　任菲/译

出 版 人　苏　桦
总 策 划　陈继光
责任编辑　陈继光　胡　洋
特约编辑　Echo
封面设计　源之设计
出版发行　贵州人民出版社（贵阳市观山湖区会展东路SOHO办公区A座）
印　　刷　长沙鸿发印务实业有限公司（长沙市黄花工业园3号）
版　　次　2018年7月第 1 版
印　　次　2018年7月第 1 次
印　　张　9.75
字　　数　195千字
开　　本　880mm × 1230mm　　1/32
书　　号　ISBN 978-7-221-13867-5
定　　价　32.00元

她来了，女神探希娃小姐

《女神探希娃》（中文版）系列悬疑推理小说序

日本“侦探推理小说之父”江户川乱步曾说过：“要写出堪称一流的文学作品，却又不失去推理小说的独特趣味，是非常困难的事情。但是，我并不完全否认成功的可能性。”不得不说，这种可能性在《女神探希娃》系列悬疑推理小说中得以完美实现。

众所周知，第一次世界大战和第二次世界大战之间这段时期，被称为是西方侦探小说的“黄金时代”。当时，仅英美两国，就出现了数以千计的侦探小说。阅读侦探故事已不仅仅是有钱阶级的一种消遣，下层阶级的人也竞相阅读起来，这无疑刺激了侦探小说作家们的创作热情。于是，密室杀人等罪案侦破题材被大家争相追捧，“谋杀案”逐渐成为了每一部小说必不可少的元素。人们热衷的不仅仅是善恶的斗争，罪犯的作案手法和动机才是被关注的重点。在那段时间里，侦探小说作家们绞尽脑汁，创作出了一部部令人拍案叫绝的优秀作品，不少别具一格的侦探形象也由此而诞生，并流传于世。

《女神探希娃》系列小说的作者帕特丽夏·温沃斯，一生亲历两次世界大战，历尽人间疾苦。她的丈夫在第一次世界大战的军舰沉船中丧生。为了养活三个儿子和一个女儿，帕特丽夏拖着病弱之躯，开始废寝忘食地进行创作，没想到一举成名，家喻户晓，成为英国密室杀人小说的开山鼻祖。是她，将密室杀人小说的模式发扬光大，使它成为最引人瞩目的一种推理类型。帕特丽夏也因此成为英国推理小说界的代表人物，与“侦探小说女王”阿加莎·克里斯蒂双姝并列。《女神探希娃》是帕特丽夏最为成功的系列小说，故事情节惊险曲折，引人入胜，构思令人拍案叫绝，赢得了英国民众的喜爱，在英国媒体《每日电讯》和犯罪文学协会举办的公众评选投票中名列前茅。不仅如此，该系列小说在美国、德国、法国、荷兰、意大利、葡萄牙等国家也广为流传，并跻身于各国畅销书排行榜前列。

希娃小姐是帕特丽夏塑造得最为成功的一个人物形象，说她的影响力不亚于“神探福尔摩斯”也不为过。初次拜读该系列的原版小说时，我便对小说中那个优雅老练、有点另类还带点神经质的女侦探希娃小姐的形象产生了莫名的好感。希娃小姐只是一名普通的退休家庭女教师，却干起了私人侦探的工作。她为人彬彬有礼，讲话时总是爱引用丁尼生勋爵的诗句，看起来弱小而又无害，这恰恰成为她与受害人亲属打成一片的便利条件，情报总是来得异乎寻常的轻松。她心思极其机敏，但外表波澜不惊，喜欢在倾听与案件相关的描述时有条不紊地摆弄针线活，而往往在她眼神流转之间，案情便已见眉目。这种平和安静的气场，却暗藏着出其不意的震慑力，让她自如地奔走于警察局以及名门大宅之间。不管是谎言、伪装、杀机，还是试探，在她面前都无处遁形。

生活的百般苦难使帕特丽夏洞悉了生而为人的种种原罪——贪婪、傲慢、怨恨、残暴……因而造就了她笔下人物的血肉灵性。

如果说阿加莎·克里斯蒂是心理博弈与气氛营造的大师，那么帕特丽夏·温沃斯则是剖析人性与密室设计的专家。《女神探希娃》系列悬疑推理小说，记录了种种离奇的谋杀案件，它的主角常常是柔弱的女子，身处亲情、爱情、友情的种种旋涡之中，挣扎、徘徊、抗争。小说的背景往往设置为英国的上流社会，涉案人物大抵有着复杂的身世，特权阶层中的尔虞我诈、钩心斗角，金钱腐蚀下人性的贪婪与不堪被帕特丽夏刻画得入木三分。财富与亲情，孰重孰轻？爱情与婚姻，是否等价？情感与金钱的矛盾，人性与智慧的较量，均在作品中表现得淋漓尽致，令人读时兴致盎然，读后意犹未尽。

《女神探希娃》系列悬疑推理小说，全套共 32 册，由于种种原因，一直湮没在历史的长河中，未曾整体翻译引进到中国内地，实为憾事。此次，应广州原典纪文化传播有限公司之邀，我主持翻译了《女神探希娃》系列小说中文版，并得到了贵州人民出版社策划部主任陈继光老师的大力支持，在此深表谢意。同时，也要感谢参与本书翻译的诸多译者，感谢他们为全球华文读者奉献了一套风格迥异、独具特色的推理小说典范。

让我们在美好的阅读时光中，记住这位神奇的女侦探：莫德·希娃！

郑榕玲

二〇一八年五月于广州

目录

第一章
消失的蓝图

扫码听本章节
英文原版朗读音频

詹姆斯·帕拉丁先生倾身向前，拿起电话。伯尔顿还没有启用拨号系统，只能等交换中心应答后，再将电话转接给在维多利亚酒店的艾略特·弗雷先生。挂了电话，詹姆斯并未移动丝毫，他在静候电话响起。他所坐的桌子是由桃花心木制作而成，大气而美观，上面装饰着一块深红色的皮革。屋子里的所有家具都显得大方而高档。抽屉、文件柜、书架分布在四周。同系列的凳子和扶手椅、写字台一样，用的都是上等的皮革和木材，做工精致。地板上铺着一块深红色的地毯。窗户上挂着同色系的厚重窗帘。黑色大理石壁炉上方悬挂着已故的帕拉丁夫人的画像，与真人等身，画中的女子气质优雅，被红丝绒和钻石簇拥其中。尽管如此，她看起来依然是位平易近人、善良温柔的家庭主妇。屋子里没什么新鲜的东西，也没什么破旧的东西，一切都似乎和詹姆斯·帕拉丁先生自己一样，稍显凝重又不乏生机。画像下的镀金大钟发出四次鸣响，指向了七点整。伴随着最后一次鸣响，交换中心传来一阵噼噼啪啪的声音，紧接着一句女声“您的电话”后，传来艾略特·弗雷的招呼声：“喂！”

詹姆斯·帕拉丁回应道：“是你吗，弗雷？我是帕拉丁。我现在要见你，立刻。”

“您好——先生——”

“我一点儿都不好。你现在立刻到这儿来。有急事。”

电话另一头，艾略特·弗雷的心怦怦直跳，他缓了缓：

“怎么了？”

“等你来了再说。”

又是一阵沉默。艾略特极力压住内心的不安。

“出什么事了？”

尽管极力压制着情绪，老詹姆斯·帕拉丁还是冷笑了一声：

“出大事了。但是是公事——不是私事。快来吧。”

“先生，我正和莫发特一家共进晚餐呢。”

“和他们打声招呼吧。我会亲自打电话和他们解释是我找你有事的。”

艾略特·弗雷呆立着握着听筒，眉头紧锁。詹姆斯·帕拉丁是罗伯特·莫法特的搭档，也是帕拉丁＆莫法特工作室的老板。要不是真有什么要紧事，他断然不会让自己取消这次新年宴会的。艾略特赶紧回答：“好的，先生，我马上过来。”

詹姆斯说了句“好的”，便挂了电话。

怡水别墅位于伯尔顿三英里之外——距离维多利亚酒店四英里。考虑到停电，艾略特大概二十分钟能到。

他走到门口，关了两盏天花板灯，经过昏暗的房间，穿过厚重的窗帘。挂在墙上的窗帘笔直而柔顺，后面是一个深海湾，窗户左右而开，中间是扇玻璃门。帕拉丁先生转动钥匙，打开门，站在门口向外张望着。两个浅浅的脚印落在宽敞的阳台上。在皎洁月光的映衬下，栏杆边缘模糊成一片黑暗。这座别墅坐落在河上，因此而得名。詹姆斯·帕拉丁俯视着这一幅银色的风景画，越过右边低矮的丛林，穿过河谷，绵延到左边被黑色笼罩的伯尔顿，在万里无云的天空下，独得月光的恩宠。月色宽广，不出二十分钟弗雷应该就可以到了。窗下，阳台边缘如在白昼般清晰可见，再远处，深深的陡坡直入水中。

他站在那儿，眼神散漫，即使美景近在眼前也无暇欣赏——他的思绪被其他事侵占着，他思考着脑中那讽刺的想法。看了一下表盘——七点一刻。他又拉开窗帘，穿过房间回来，打开了灯。

三分钟后，艾略特·弗雷到了。他金黄色的头发卷曲着，沉着脸，目光冷峻。要是晚个一秒钟，他就死定了。一路上，他还没来得及细想自己是多么介意过来。有什么区别呢——纽约或伦敦，伯尔顿或廷巴克图——在哪儿都一样，不是吗？对他而言，菲莉达已经死了。直到来到怡水别墅，他才意识到记忆深处的她，挥之不去——她会陪着他上楼梯，和他窃窃私语。

他关上门，来到书桌的另一边，每一根紧绷的神经都透露着反抗。

“怎么了，先生？”

詹姆斯·帕拉丁隔着桌子看着他，双手扶在旋转椅上。

“你最好先坐下，”詹姆斯说，“蓝图没了。”

艾略特的手一下子从桌上滑了下来，不由得往前一靠，惊讶地叫了声：

“什么？”

詹姆斯·帕拉丁微微点了点头。

“没了，”詹姆斯又说了一遍，“你最好先坐下。”

艾略特根本无暇理会。

“怎么会没了呢？”他挺直了身体，倒退了一步，“今天下午我交给您了。”

“确实是的。卡多根昨天交给了你。鲍勃·莫法特、弗兰克和我就图纸的事开了个会。在我们进一步讨论后，你今天下午三点交给了我，六点半时，我发现它们丢了。”

“等等。我想你的晚餐是经过董事会决定的。我已经和鲍勃·莫法特说了找你有公事。现在听我说。不用太着急。蓝图虽然丢了，但肯定能找回来。这是家事，我要用我自己的方式来解决。为了一切顺利，我要你今晚留在这儿。老房间已经给你准备好了。”

“但是，先生——”艾略特的脸更僵了。“不行，先生——我做不了。”

“难不成你要回去告诉卡多根蓝图丢了？我说了，要用自己的方式解决。我可以保证——对，我保证天亮前就能把蓝图找回来。”

四目相对，倔强交织着愤怒。这场意志的较量实在难分胜负。

艾略特打破了沉默。

“您刚说这是家事。能解释一下吗？”

“我正打算说这事。三点半在工作室，你把蓝图给了我。我是四点一刻出去的。在这四十五分钟内，蓝图一直放在我办公桌上的公文包里，屋子里也一直有人。其间我出去过三次。第一次大概五分钟。你应该记得，我和你一起在走廊上和工程经理布朗碰了面，聊了两句。那会儿我的秘书，阿尔伯特·皮尔逊在办公室里。等我回去后，就派他把鲍勃·莫法特要的一些数据给送了过去。没过多久，我继子弗兰克·安布罗斯和我侄子马克·帕拉丁就进来了。他们在办公室等，我离开了大概一刻钟。等我再回去时，弗兰克已经走了，马克也刚离开。最后一次，我的另一个侄子理查德·帕拉丁过来，我去了趟洗手间，让他待在屋子里，他也照做了。等我回到办公室就拿了公文包开车回了这里。六点半时，我打开公文包才发现蓝图丢了。你刚问我为什么说这是家事，很明显，除了家里人，没人有机会拿走那些蓝图。”

艾略特猛地怔了下。

“那您的秘书皮尔逊呢？”艾略特问。

詹姆斯·帕拉丁挑了下黝黑的眉毛。

“你难道不知道他也是个表亲吗？虽说关系比较远，但确实算得上是亲戚。既然都是家里人，就在家里解决。这也是为什么我把你也算上了。”

艾略特有些不自然。

“我恐怕称不上——”艾略特还没来得及说完，就被詹姆斯粗暴地打断了。

“够了！别跟我说些废话！我说什么你就做什么，原因很简单，我们必须把蓝图拿回来，你我都不希望搞出丑闻吧。至于惩罚，用不着你考虑，会——够让人受的。”

房间里鸦雀无声。艾略特呆立在那儿，像是站了一个世纪那么久，他的思绪很混乱：“这背后有什么隐情——他想干吗——他知道什么内幕？”

“您不是一向会直接下结论吗，先生？毕竟这事在这里已经过去几小时了。您不是不想让这事外传吗？那仆人会怎么想？”

詹姆斯·帕拉丁往后一仰，膝盖上的双手不时揉搓着，平静地说：

“恐怕不行，亲爱的艾略特。我知道是谁拿走了蓝图。”

第二章
新年前夜的晚餐

格雷斯·帕拉丁从她屋里走出来，伸手搭在门把手上，犹豫了下。这双手白皙而光洁，一枚精致的红宝石戒指闪闪发光。她一路走来，灯火通明，地上铺着一条老式但昂贵的地毯，交织着红蓝绿色的纹理。詹姆斯·帕拉丁先生比较古板，自年轻时就偏爱鲜艳的颜色。从他记事起，所有东西就一直是那样，但凡有点磨损，必然按原有的花色样式给替换了。若有所让步，也是出于实用性的考量。比如装了电话、电灯，还有地下室的烤炉。

帕拉丁小姐缩回了手，后退了一步。天花板明亮的灯光映衬出她姣好的身材——黑色晚礼服搭配着浅色毛皮大衣，性感而大方。胸前的钻石星星闪耀着，脖子上戴着镶嵌着一圈钻石的珍珠项圈。一头乌黑的秀发散落到肩头，绾成一个优雅的结。秀发和玉手一向是她引以为傲的资本，即使已经五十多岁，依旧引人注目。一双棕色的眼睛低沉着，表情凝重。她是詹姆斯·帕拉丁的妹妹，自帕拉丁夫人去世后，她守着这房子二十年了。她回过头来，眉头紧皱，显然正在等着、听着。

突然，她脸色一变，眉头即刻舒展，紧张与凝重顿时无影无踪，取而代之的是一抹灿烂迷人的微笑。她转过身，热情迎向走廊尽头房间里出来的一位姑娘。这位姑娘步履轻缓——并没有报以回应的微笑。她身材纤长，微微卷曲的黑发慵懒地散落，肌肤白皙透亮，蓝色眼眸深邃而迷人，浑身散发着高贵的气质。根根分明的长睫毛遮住了双眼，只等向上睁开时，才能看到那双宛如静谧海水的蓝宝石。她是格雷斯·帕拉丁二十三岁的养女，菲莉达·弗雷。

菲莉达一袭白色长裙，戴着一串珍珠项链，那是她二十一岁的生日礼物，也是她唯一的首饰——它温润如水，恰到好处。冬青红色的指甲油显得明亮而又乖巧，娇嫩细腻的手上并没有佩戴戒指。

格雷斯·帕拉丁把手搭在她肩上，把她转过来。

“亲爱的，你看起来真漂亮，就是脸色有点苍白——”

菲莉达忽闪着黑色的睫毛，深蓝的明眸看不出任何情绪，语气波澜不惊：

“是吗，格雷斯阿姨？”

帕拉丁小姐依然保持着温柔而迷人的微笑。

“怎么了，亲爱的——是呢。”她宠溺地笑着，双手轻柔地从菲莉达裸露的肩头滑落。“现在就我们两个人，我想你可以在这儿再加些装饰，比如玫瑰，为新年聚餐增添点色彩。”

“但圣诞玫瑰可是白色的呢。”菲莉达语气有些别扭，半开玩笑地说。

在帕拉丁小姐的陪伴下，她径直向楼梯走去。菲莉达松开了手，格雷斯·帕拉丁扶着桃花心木制成的扶手，两人沿着楼梯下楼。格雷斯小姐说：

“真糟糕，他们圣诞节还让你值班。”

“我自愿的。”

帕拉丁小姐一时语塞，而后又尴尬地笑了笑。

“好，亲爱的，有你在真好。你会在这儿待多久呢？”

菲莉达说：“我也不知道。”

“但是——”

小姑娘突然停住了脚步，眼神恳切地望了下帕拉丁小姐，急忙说：

“要是我愿意，可以待上一星期，但我搞不清楚自己的心思。我想还是尽快工作的好。”她语气透露出些许叛逆，“请别这么看着我——我说这话不是有意想伤害您。只是——您知道——”

帕拉丁小姐也停住了脚步，紧握着扶手，极力控制着自己的情绪。她做得很好，像是感同身受地说：

“我懂，别逼自己。但这毕竟是你的家呀，菲莉达。你和这儿息息相关，难道不是吗？他没办法破坏或夺走这层关系。在他出现前，这儿就是你的家，我们早就忘了他了，这儿还是你的家。”

菲莉达猛地震了下，她被刚刚一番话中的某个点深深刺痛了，躲避着说：“我不想谈这个。格雷斯阿姨，求你了。”

帕拉丁小姐很是心疼。

“亲爱的，不谈了，当然不谈。我真该死，不该提那往事。对我们来说，这是新的一年，你是回来过节的。记得你还是个小女孩儿时，我们是怎么精心安排节日的每一刻吗？我们想做的事情太多，能完成一半就不错了。当然，今晚全家人——弗兰克、艾琳、布伦达都在。他们吵架了，不知道布伦达还会和他们在一起待多久。莉迪亚和他们一起过来。”她勉强笑了下，“她比以前漂亮了，像是来挑衅似的。还有马克、迪基、阿尔伯特·皮尔逊。我可不太喜欢一桌子坐十个人，不过也没办法。”

两人沿着楼梯继续向下，菲莉达稍稍轻松了些：“那莉迪亚现在在干什么呢？”

“这我不太清楚——她废话一大堆。我想她大概是做秘书吧，你自己问问她好了。我真希望她今晚能收敛点，詹姆斯一直不怎么待见她，也不喜欢听人啰唆。我已经尽可能地安排她坐得远远的，但耐不住她可是个大嗓门。”

穿过大厅，她们进了客厅，火炉前，两位男士正站在那儿取暖。这两位都是詹姆斯·帕拉丁的侄子。他们不是兄弟，只是远房亲戚，所以看起来和对方或是他们叔叔没有一点儿相似之处。其中一位比较年长的名叫马克，今年三十五岁——他身材高大，皮肤黝黑，健壮中透露出一股忧郁的气质。另一位叫迪基，比马克小七岁——他身形瘦弱，相貌平平，一双蓝眼睛充满童真，精神倒是不错。

马克和帕拉丁阿姨、菲莉达一一握了握手，冷漠地寒暄了几句。

迪基倒是热情多了，亲吻礼后一阵嘘寒问暖。

“格雷斯阿姨，您穿的这衣服太美了——是吧，马克？要我说——您戴的首饰配极了，对吧？钻石明星闪亮登场！记得有一次，您把它绑在圣诞树顶端，菲莉达眼馋得都快哭啦！”

“我没有！”

“不不，你有。当时你还只有三岁，所以我们也拦不住你。你现在真是漂亮极了——难道不是吗，格雷斯阿姨——漂亮得简直可以挂在圣诞树上当星星啦！”

格雷斯·帕拉丁静静地笑着，迪基的手搭在了她的腰间。赞美菲莉达的话，她是怎么听也听不够。

迪基大笑起来。

“可惜她现在不感兴趣了——是吧，亲爱的？”

门开了，莱恩高声播报安布罗斯夫妇、安布罗斯小姐和彭宁顿小姐到了。他们一起走了进来——弗兰克·安布罗斯身形高大，脸色苍白而阴沉；紧跟着的是他漂亮的妻子艾琳，皮肤黝黑，看得出打扮得很匆忙；他的妹妹布伦达像男孩子一般，一头浓密的短发，同款蓝色眼睛。艾琳和她妹妹莉迪亚觉得，要是布伦达把睫毛染黑，肯定会更漂亮，这也是安布罗斯家经常争辩的一个话题。莉迪亚无疑经验丰富，很乐意伸出援手，但布伦达对这件事并不买账。

莉迪亚自己的睫毛就是她实力的见证。它们天生如她头发般火红，但她没法任由其发展。在乌黑的睫毛间，灰绿色的眼睛闪闪发光，和菲莉达的并无二致。她看起来总是一副随时要走 T 台的样子。最新颖的衣服、最时尚的鞋子、最潮流的发型、最不同寻常的口红和指甲油——这就是莉迪亚。无论在哪里，她都喋喋不休，瞬间成为人群的焦点。追她的人一大把，但谁也抓不住她的心。迪克·帕拉丁每次来都会向她求婚。现在她风情万种地向迪克走来，巧妙地避开了一个吻。

“你好，迪基！你好，菲尔！你长大了不少，我都得穿再高点的鞋子了。你们家的人长得可真高呀！看看帕拉丁先生、格雷斯阿姨、弗兰克、你——还有马克！简直远在天边呀！”

迪基一把搂住了她。

“亲爱的，我可没有。你可能没发现，我就近在眼前呀。”

她向后斜靠着，笑盈盈地看着他。

“我才没注意你——因为我是如此热情地爱着你。”说完，她一转头，妩媚地往迪基的肩膀上一靠，抬眼望向马克。

“亲爱的，新年快乐。”

马克并没有回应，只是用脚踩了踩火。一根木头溅了出来，冒出一阵火花。

“真冷漠！”莉迪亚伤心地说。她挣脱了出来，向帕拉丁小姐跑去。“我这打扮可以吗，格雷斯阿姨？他不会还像往常一样震惊吧？我本来想穿我刚买的锦缎长裤——华丽极了，都没打折呢——但弗兰克和艾琳一直在教训我，我都快精神崩溃了，所以穿了条淑女裙就来了。”

“宝贝，你看起来不错，”格雷斯·帕拉丁一脸笑意，又补充了句，“一向如此。”

拖地的长裙略显僵硬，那是一种厚重的缎料，和淑女一点儿边也搭不上。高领长袖，顶部是奶油色和金色混搭的锦缎。鲜红的头发精心作卷，高高地堆着。

在她身边的艾琳，相较而言就朴素多了。她刚刚在跟格雷斯·帕拉丁炫耀她孩子吉米比幼儿园其他孩子都要聪明得多。莉迪亚一转身，她又继续喋喋不休。

莉迪亚一把抱住菲莉达。

“看看艾琳，一身黑！多别扭啊！但凡我有时犯懒，不想打扮，只要看她一眼，就立马能振作起来，这就是诀窍。当然她还算漂亮，不过长不了——她正往黄脸婆发展呢。快过来和我说说话。天哪——这屋子也太糟糕了——我的头发和这满屋子的红色！幸好我没一不做二不休，坚持穿那条祖母绿的裤子，不然还真是绝配。”

“詹姆斯叔叔习惯了。”菲莉达解释道。她随手抱起锦缎沙发后的一个天鹅绒靠垫，上面镶嵌着金色的流苏。“在这屋子里，要么穿白色，要么穿黑色，几年前我就决定这么做了。”

客厅很高，三扇窗户被红丝绒覆盖着。在窗户和白色大理石壁炉架间，悬挂着镀有大量黄金的镜子。地板上铺着红宝石般的地毯。沙发、凳子、扶手椅上到处铺满红色锦缎。两盏巨型吊灯精心切割过，折射出耀眼的光芒，形成了一道道彩虹，很自然地避免了庸俗的视觉感受。这屋子古色古香——像极了维多利亚时代小说的场景——所有的色彩、大理石还有镀金，无不显示着高贵的气质。即使用来接待维多利亚女王也不逊色，艾伯特王子也能在此安静地奏上一曲门德尔松。

莉迪亚慵懒地靠在沙发的另一个角落。

“继续——告诉我一切！快——趁现在没人打扰我们！他们随时会进来。你现在在干什么呢？我想你已经解脱了，可以随心选择。”

“就在伯尔顿，”菲莉达回答，“我是那儿疗养院的秘书。”

说这话时她并没有看着莉迪亚，但莉迪亚却凝视着她——目光坚定。

“你为什么不直接走——随便去什么地方？艾琳来信说，你就住在疗养院，还骑车从这里过去，我都快气得尖叫了。”

菲莉达低头不语。

“那儿太远了，”她无精打采地说，“格雷斯阿姨想让我试试，但我实在没办法坚持——她知道的。所以我现在就住在院里了。如果我愿意的话，可以离开一星期，但我希望待个一两天就回去，还是有点事做比较好。”

莉迪亚又同情地看了她一眼。

“格雷斯阿姨不喜欢这样，不是吗？”

菲莉达点了点头。

莉迪亚继续说：

“她一周和你出去吃几次饭？”

这番无意的问话却深深刺痛了菲莉达。

“她很想我——但身不由己。她很好，莉迪亚，你知道的，她一向都是为了我好。”

“好啊，那她为你做什么了？她收养了你，你总不会认为她是为了取悦你才这么做的吧？大家不会因为考虑孩子的感受而去收养孩子，事实上，这和养条狗养只猫差不多——只因为他们自己需要安慰。没人会问狗啊猫啊的是否愿意被收养——也没人会问一个被收养的孩子。”

菲莉达连忙伸出了一只手。

“莉迪亚——求你了——别说了！她爱我的父母，是我父母最好的朋友——也是远房亲戚。要是没有她，我简直不敢想象现在会是什么样子。你知道我父母一分钱也没留下，谁都不想要我。是我欠她的。”

莉迪亚抓住了那只手，轻轻捏了下。

“好好好，你也不用过度自卑——不说了。”

菲莉达把手缩了回去。她轻启双唇，像是有话要说，欲言又止，但还是开了口。

“为什么你不喜欢格雷斯阿姨呢？她一向对你很好呀。”

莉迪亚的眼里瞬时充满了怒火。

“亲爱的，我喜欢她——就像我喜欢羽绒垫子，喜欢香槟一样，就像有人让我觉得我是海滩上唯一的一颗石头，可以与她用心交谈。我只是不认同这件事，仅此而已。可能短时间内感觉不到，但长此以往肯定不行。”

菲莉达站了起来。她无意与莉迪亚争辩，但要是再待下去，事态不知会如何发展，可能不得不争吵——也可能会妥协。她朝艾琳和帕拉丁小姐那儿走去，她们正在谈论丽娜胸部上的斑点。

“今天早上才发现的，我立马给她量了体温，一切正常。我请了霍尔顿医生过来，他说没什么事。他自己没有孩子，肯定不会把这当回事。我今晚本来不想来的。斑点倒是退下去了，但谁知道什么时候又会出现呢，您能理解的吧。但弗兰克看着挺生气，我想还是穿好衣服过来比较好。我总觉得他对孩子们简直不可理喻。要是我稍有疏忽，他肯定是第一个抱怨的。同时他又以为我能像没孩子一样随便跟着他去哪里。真希望您能帮我说说他。”

格雷斯·帕拉丁深情地抚摸着她的手，说：

“亲爱的，你真是位好母亲。”

菲莉达走了过来，艾琳转身迎上。

“好呀，菲尔，我这一整天都提心吊胆的！是丽娜——她胸口冒出了个斑点，当然我立马给她量了温度……”

格雷斯得空移开了些，弗兰克·安布罗斯走了过来。

“艾琳又在说孩子的病了吧？她总是这样烦人。孩子们挺健康的，是她自己杞人忧天，神经紧张，不是说这件事就是说那件事。家里请的保姆很有经验，她却总是不放心。格雷斯阿姨，您能不能帮我劝劝她，除了您，别人的话她都听不进。”

“她还年轻呢。” 格雷斯·帕拉丁宠溺地说。

“如果她还是这么下去，就年轻不了多久了。她这也不想做，那也没兴趣，理由只有一种——要么是吉米的鼻子塞了，要么是丽娜打喷嚏了，或打嗝了、咳嗽了。今晚我能做的就只有把她带过来了。”

格雷斯·帕拉丁安慰地看了他一眼，说：

“操心的弗兰克啊。”

莉迪亚坐在炉子那边向他俩瞥去，看到弗兰克渐渐舒展了眉头，没那么生气了。他滔滔不绝，帕拉丁小姐静静聆听，笑容一直挂在脸上。

莉迪亚又瞥了一眼迪基。

“真能说——”她自言自语。

迪基注意到了她，殷勤地问：“你好呀——说什么呢？”莉迪亚连忙笑了笑，糊弄了句：“爱丽丝漫游仙境呢，亲爱的。”

门开了，走进来三个人。为首的是詹姆斯·帕拉丁，黑白配色的晚礼服衬托出他的器宇轩昂。帕拉丁先生穿上鞋大概有六英尺五，一头银发，气势威严，但他的眼睛和睫毛还如二十岁时那般乌黑。当他走进来时，红宝石和金色填充的大厅顿时黯然失色。紧跟在他左边的是他的秘书，阿尔伯特·皮尔逊。他年纪轻轻，戴着一副框架眼镜，身上的西服透露着廉价的气息。另一边则是艾略特·弗雷。

屋里顿时鸦雀无声。所有人都盯着艾略特。帕拉丁先生走到他妹妹身边，不怀好意地笑着说：“亲爱的，很高兴地告诉你，我们还来了位客人。你早上还跟我抱怨不喜欢十人一桌呢。现在艾略特来了，就有十一个人了。我们有点公事要谈，是我让他留下的。”

第三章
不速之客

艾略特·弗雷走了进来，看着燃烧的壁炉下一个个黑白的身形，又小又远。男男女女的身后，火光夺目耀眼，照得头顶闪闪发光。穿黑衣服的是格雷斯·帕拉丁、艾琳和布伦达·安布罗斯，穿白衣服的是莉迪亚·彭宁顿和菲莉达。艾略特默默地按这个顺序给他们命了名，因为他此次前来有要务在身。他扫视了下所有人，最后目光停留在了菲莉达身上。她看起来瘦了，有些苍白无力。她穿着一袭长裙，佩戴着格雷斯·帕拉丁送的珍珠项链。她站在马克和艾琳之间，望着马克。直到艾略特走到屋子中间，菲莉达才转身看到了他。

马克郁郁寡欢的双眸一下子怔住了，显然吃了一惊，瞬间变换的表情引得菲莉达回过头去。一刹那，四目相对，感情喷涌而出。

她已经有一年多没见到她的丈夫了，没想到竟会是在这里，她情不自禁地抓住了马克·帕拉丁的胳膊。来不及多想，她早已混乱——她的血液、心脏、思绪完全失控了。她忽然焕发出异样的神采，仿佛一切都置身事外了。

艾略特·弗雷略过她向女主人走去，行了个礼。他和艾琳还有布伦达握了下手，莉迪亚踮起脚尖在他脸颊上亲了一口，最后他才站在他妻子面前。“你好，菲莉达！”这句简短的问候听起来不过是两个陌生人间的寒暄。而后，他转身面向莉迪亚。莱恩进来通知大家晚餐已经准备好了。詹姆斯·帕拉丁挽着艾琳，其余人跟在后面，菲莉达和马克一排，布伦达和艾略特一排，莉迪亚、迪基还有阿尔伯特·皮尔逊一排，走在最后的是格雷斯·帕拉丁和弗兰克·安布罗斯。

餐厅里灯火通明，与客厅相比，华丽程度有过之而无不及。一排阴郁的家庭肖像画很好地中和了蜡红色的墙纸——三代帕拉丁穿的都是黑色绒布，其中两位的妻子则穿着天鹅绒和锦缎。在这巨大而昂贵的相框面前，就是穿着最好的衣服也黯然失色了。所有人低头就座。

詹姆斯·帕拉丁多站了会儿，扫视了下四周。他低下头，虔诚地祷告：“感谢神赐予我们丰盛的食物。”说完坐了下来。莱恩在他面前摆了一个大大的银汤盘。不管是对此，还是其他，帕拉丁先生都喜欢按传统行事。他习惯为客人们舀汤，或者为他们切块。今晚，他两样都做了。他喜欢桌上铺着雪花桌布，露出的桃花心木与甜品和酒相得益彰。

艾略特坐在左侧，邻座分别是布伦达和莉迪亚。菲莉达坐在他正对面，中间隔着巨型的银桌装饰。当她转向左侧的马克，或者右侧的阿尔伯特时，透过装饰隐约看到只身片影。偶尔瞥见一簇黑色卷发，偶尔一抹红润的脸颊。他的内心如火般愤怒，他压抑着，强迫自己平静下来。

他为什么要看菲莉达？他们之间比杂乱的丛林还要复杂。他转向莉迪亚，刚好莉迪亚也在看他。

“他为什么祷告？这不是惯例呀，所以我们一开始就坐下了。难道今天有什么特别之处？”

“我猜不到。”

“你知道些什么？”

艾略特并不想回答：“等着看吧。”接着他好像又想起了什么，“你去哪里了？现在做什么呢？”

“去哪里？做什么？当然是我的工作。生活不就如此吗？”

“好吧，换句话说，什么职位？你不会加入皇家海军还是什么吧？”

那双绿眼睛看起来悲伤极了，火红的脑袋摇了摇。

“我觉得要是我签了合同去做那种事，肯定会疯掉的。我就坐在办公室做做翻译而已。”

“哪种事？”

“嘘！闭嘴！要是我告诉你我能读懂冰岛语，你还有什么话说？”

艾略特笑了起来。

“我会说，你在撒谎。”

“这就对了。动脑子想想！自 1940 年到现在，你编了多少东西了？我上次见你还是 1940 年，对吧？”

“是的。”

她点了点头。

“去年新年前夜，我可是在槲寄生下送了你一个吻。要是你好好表现，或许今年我会考虑再亲你一下。”

“我觉得一点儿也不好。”

她皱了皱眉头，脸色一黑。

“亲爱的，这太怪了！你看菲莉达状态如何？”

显然她没有得到想要的回应。

“我也没机会评价，不是吗？”

莉迪亚瞟了他一眼。

“不，你有，我告诉你，她脸色苍白，瘦弱无比。她不开心、无所事事、束手束脚。你打算怎么办？你可以趁我和迪基谈话时好好想想这个问题。另外，不许在背后拍我，会把我衣服弄乱的。付了所得税和房租后，我可拿不出这个月的葬礼钱了。”

最后一句话是从她肩头飘过来的。话音未落，迪基就开口了：“听着，说句公道话，是我带你进来的，对吧？格雷斯阿姨和弗兰克聊天的时候，你得和我谈谈。”

艾略特刻意找布伦达交谈起来。要是在其他场合，他是万万不会想打扰她的，但此刻，他不得不强装出极大的兴趣，让自己有事可做——只要别看起来像个被抛弃的无所事事的丈夫就行。

他掩饰得不错，布伦达掏心掏肺地告诉他，自己正考虑做个女警。

“真是个好主意！”

她有些怀疑地盯着他。

“你说这话是什么意思，艾略特？”

“我的意思？我认为这主意棒极了。”

布伦达抱怨着。

“这事说不上好不好，也不能说我心驰神往。但要是你也认同女警察的必要性，那么就会知道现在正缺人手。在这种情况下，我认为我有义务加入。”

“希望你能乐在其中。”

暗淡的眼睛燃烧着雄心壮志。艾略特却突然在想：为什么她不染一下颜色呢？很快他记起，菲莉达曾经说过，她们激烈地争辩过这个问题，莉迪亚一心建议她去染一下。她的声音、她的外貌——还真搭……艾略特愣了会儿神，隐约听见布伦达说她根本不想享受。这会儿，迪基又在对莉迪亚示爱着：

“你知道吗，每次见到你，我都禁不住小鹿乱撞。”

“‘心脏跳动’——理查德·帕拉丁说。”莉迪亚深情款款地看着他说，“可惜啊，你没办法用诗歌来表达。诗歌能让你得到升华，我很希望有一本献给我的诗集。白色的封皮，点缀着金色装订线，扉页写着‘献给莉迪亚’——或者写着‘献给L——’你觉得呢？”

“要是写‘献给L——’可能会被人诟病的。要不写上‘献给我爱慕的莉迪亚’？”

“‘因为她一向讨人喜欢’。”莉迪亚接话道，“迪基，你会想要成为哪种——看着讨厌丑陋但有趣的，还是看着英俊潇洒但愚笨的？我老是拿不定主意。”

“你不必做出选择——你既美丽又有趣，集万千宠爱于一身。”

莉迪亚在空中比画了一个吻，朝他吹去。

“谢谢你，亲爱的——谢谢所有的赞美，但这不是真的。要不是我的头发、我的肤色，还染了睫毛，我只不过就是艾琳的妹妹而已——‘这个不起眼的小家伙，真可怜，但不能怪她，我们要好好对她’。也许这样，我的品德会好很多，因为我不得不追求内在美——对普通人来说，也就只剩下这点资本了。”

迪基感到一阵眩晕，每次莉迪亚这样看着他时，他都会如此。

“看吧，你想让我在你吃火鸡的时候向你求婚吗？你正朝这方面引呢。”

“我不知道——”莉迪亚若有所思，“倒不失为一次全新的体验——从来没人这么做过。但曾经有个人在喝咖喱浓汤的时候向我表达爱慕之情，但他中途突然窒息，几乎晕倒了。我不得不一直敲他的背，汤都冷了，真难堪。所以还是算了吧，我可不想糟蹋了火鸡。”

菲莉达坐在阿尔伯特·皮尔逊和马克·帕拉丁之间。相较于娱乐性，和阿尔伯特的谈话更具教育意义。他能脱口而出土星到地球、科伦坡到新加坡的距离，或者新式人造黄油中维生素的含量，或者煤的起源，又或者谁发明了钢——这种信息的堆砌，听着着实让人乏味。菲莉达只是礼貌性地微笑着，左耳朵进，右耳朵出。

在结束了关于混凝土的长篇大论后，菲莉达转向了马克，想必这会引起阿尔伯特的不满，但无所谓了。艾琳坐在马克的另一边，正在和詹姆斯·帕拉丁交谈着，马克暂时空窗呢，不过他阴郁的脸色让菲莉达略感不安。

她勉强挤出一个微笑："你在想什么呢？"

马克脸上的神经放松了点。

"没什么值得说的，菲尔。"

"好吧，那我们聊点什么呢？你最近有读过什么好书吗？"

对于这个话题，马克感到如释重负。他们谈了谈书，聊了会儿电影以及音乐。在对面的艾略特看来，他们十分投机，相谈甚欢。中间的装饰虽然几乎挡住了视线，不过一旦菲莉达侧了下身，他就能捕捉到些许明亮的眼睛和灿烂的笑容。她还没有品尝杯中的香槟——何以如此春光满面？当他努力经营着与布伦达乏味的谈话时，不禁思考，是什么让她生动了起来。在客厅，第一眼，菲莉达还是那么苍白无力，一副无精打采的样子。难道是他看错了？不，不会看错的。看到她娇弱暗淡的那一刻，艾略特的心都碎了。

布伦达·安布罗斯气鼓鼓地盯着他。

"说真的，艾略特，我觉得你根本没在听我说话！"

他连忙把思绪从菲莉达身上拉回来，努力弥补自己的疏忽。

火鸡已经上桌，詹姆斯·帕拉丁面前放了一盘葡萄干面包，莱恩和一位女仆把果酱和百果馅饼递了过去。菲莉达侧身舀了一勺果酱，刚好进入了艾略特的视线。他凝视着，随即又扭过头去，视线从菲莉达的脸上游离到她递盘子的手上。她用的是左手，就像刚出生时那般光洁——光洁的手，光洁的胳膊——从肩膀到手腕，从手腕到指尖，并无多余的点缀。他脸上顿时烧了起来，痛苦而纠结，而后又慢慢退去，像是被打入了冰窖，只剩寒意。他不承想，菲莉达连婚戒都摘了，如此毫无防备，狠狠地给了他一记耳光。

热血不再沸腾，他从未感到如此冷酷无情。

第四章
一语惊人

格雷斯·帕拉丁对着她哥哥，坐在桌子的另一头。她一度感到愤怒，但转瞬即逝，并未让其他人觉察。她是这个家亲切而迷人的女主人、是朋友、是知己。二十多年来，但凡要做什么决定，总会听到“问问格雷斯阿姨——格雷斯阿姨肯定知道”。只有艾略特·弗雷是个例外，一直不怎么和她亲近，让她备感受挫——从来不问她任何事，甚至还带走了菲莉达。她觉得艾略特就是一个小人，他偷了，他抢了，可他却不珍惜。好在菲莉达知迷而返。詹姆斯真不该带他过来，今夜是一年当中最重要的夜晚；艾略特应该失落羞愧——这一切太难以置信了。记忆中最尖锐的刺就来自使她震惊的愤怒。她可以独自消化，很好地掩盖过去。可能今夜话比往常少了点，但她依然能从容优雅地听迪基对莉迪亚诉说衷情，听弗兰克·安布罗斯对艾琳、布伦达一连串的抱怨。

“女人本该能和平共处的。那两位却经常吵架。”

“我知道，真是遗憾。”

“男人间就不会发生这种无聊的争吵。毕竟布伦达比艾琳大了十岁，关于孩子和房子方面的建议，她按理应该很容易接受。再怎么说，布伦达和我一起住了九年，很有经验，艾琳应该要赏识。实际上呢，却恰恰相反，每次她都置之不理。当然，布伦达也不省心，我觉得她看起来一副好像是被家里赶出去的，或者是被曾经的家赶出去的苦涩样。您觉得您能让艾琳理解这点吗？”

格雷斯·帕拉丁看起来有点沉重。

“亲爱的，我不能保证。艾琳并不喜欢听别人的建议，强说可能会适得其反。”

弗兰克的脸涨得通红。

“她完全不可理喻。”

格雷斯笑了下。

“初为人妇都是如此。弗兰克，你得耐心点。”

桌布被撤走了，正中的装饰品被抬到了餐柜上，露出了桃花心木的餐桌。莱恩和女仆随后在银盘子里摆了葡萄、子姜和苹果。詹姆斯·帕拉丁面前竖着波尔图、雪利和马德拉的玻璃酒瓶。

艾略特和菲莉达中间暂时没了遮挡。那么可爱的她曾经是他怀中的一朵娇艳玫瑰，如今却成了时过境迁的陌路人。可爱的陌路人啊，有着菲莉达的秀发，有着菲莉达的双眸，有着他曾经吻过的双唇。现在却烟消云散，空无一物——是陌路人罢了。他愤怒，他冷酷，他不由得扭过头去。莱恩刚好走到他和莉迪亚之间，重新摆好了餐盘。

詹姆斯·帕拉丁给艾琳倒了一点点波尔图酒，又给左侧的布伦达倒了半杯雪利，然后把瓶子放了回去。莱恩和女仆一路走到桌子另一头的格雷斯·帕拉丁那儿后又折回来，接着便退下了。詹姆斯·帕拉丁往后推了下凳子，站了起来。灯光打在他身上，和身后画像中的人相似极了，那是他的祖父本杰明·帕拉丁，也是这个家族以及帕拉丁工作室的成立者。

他们身形相差无几，同样的银发、乌黑的眉毛、高鼻梁。下巴硬朗，目光如炬，特征鲜明。这张脸谈不上英俊，更谈不上迷人，但看起来却异常坚定，势在必得。

詹姆斯·帕拉丁背靠着肖像发表了讲话。

“在开席前，我有些话要说。每年新年前夜都是家庭聚会，已经是传统了。一般，我不会在这个节骨眼上啰唆什么，但今晚是个例外，请大家谅解一下。我可以答应你们两件事——一、我的话很简短，二、不会无聊。”詹姆斯顿了下，所有目光聚焦在他身上——从漫不经心到专注到吃惊——他继续说，“这是私事，可惜不是什么好事。这次家庭聚会，在场的都是自家人，要么是有血缘关系的，要么是有婚姻关系。”他环顾了一下。

“布伦达——艾略特——莉迪亚——理查德——格雷斯——弗兰克——阿尔伯特——菲莉达——马克——艾琳——都在这儿，就和去年一样。我想说的是——其中有人背叛了这个家。家，是因为共同的利益而凝聚在一起的，一旦有人背叛了，就不安全、不牢固了。你们中的一个人已经背叛了这个利益，这是无可争议的事实。我说这番话不是想让那个背叛者感到内疚，也不是在试探——因为我已经知道谁是背叛者了。”

詹姆斯又顿了下，扫视了一圈。大家的表情没有太多变化，但多多少少都有些僵硬。布伦达咄咄逼人。艾略特冷静地压抑着。莉迪亚虽然依旧保持着微笑，但嘴唇僵硬，疑心重重。迪基皱着眉头，眼神像莉迪亚的笑容一样凝固了。格雷斯·帕拉丁坐得笔直，双手交叉，头靠在高高的椅背上。弗兰克·安布罗斯手肘撑在桌上，一只苍白的大手半掩着嘴和下巴。阿尔伯特·皮尔逊摘下眼镜，顿时一片模糊，他眨了眨眼睛，仔细地擦了擦镜片，而后又笨拙地重新戴上。菲莉达双手合十，搭在冰冷的大腿上，她睁大了双眼，眼神充满了恐惧，避开詹姆斯·帕拉丁，望向艾略特。中间的装饰挡住了她的视线，她侧了侧身也只能隐约看见他握着酒杯的手，关节泛白。她没有意识到自己已经靠在了马克的肩膀上了，但仍看不见艾略特的脸。马克·帕拉丁看起来是最淡定的，一如既往地忧郁，眼睛直勾勾地盯着前面，并没有在意菲莉达靠在肩头。艾琳不由得发出一阵微弱的喘息声，她坐在椅子上，惊恐地注视着她的继父。詹姆斯·帕拉丁一向觉得艾琳没什么头脑，现在更是坚定了这种想法，艾琳的表现完全在他意料之中。他接着说：

“我并不想造成什么误解，所以我再强调一次——我知道背叛者是谁。我之所以采取这种方式来说这件事有几个原因，惩罚就是其中之一。这个人的处境有些尴尬，现在肯定在想我是不是现在就会揭穿他。我并不打算这么做——不是刚才，不是现在——

可能永远不会，这取决于他自己。无论是从家庭角度出发，还是从尊严出发，又或者出于其他考虑，我都希望能宽容对待此事。因此，晚餐结束后，我会在书房一直待到午夜，那个我现在没有点名的人可以在那儿找到我，我已经准备好接受道歉。我要说的就这么多。现在让我们举杯庆贺，祝愿帕拉丁 & 莫法特工作室以及约翰·卡多根和艾略特·弗雷蒸蒸日上，创造引以为豪的优秀设计，引领行业。”詹姆斯高举起酒杯。

并没有人回应。艾琳大大喘了口气，简直就像是在呜咽。弗兰克·安布罗斯叫了声“先生”。只有格雷斯·帕拉丁一个人举起了酒杯。

詹姆斯不容置疑地说：“除了背叛者，应该没人会反对喝这杯酒吧，要么就是公开宣告戒酒了。敬帕拉丁 & 莫法特工作室。”

这次，所有人都举起了酒杯。菲莉达只是放在嘴边抿了抿。艾琳双手颤抖得厉害，几滴红酒洒在了桌上。艾略特慢腾腾地回了句：“非常感谢，先生。”

詹姆斯·帕拉丁再次举起酒杯。

“敬缺席的朋友们。”

几乎已经达到极限的紧张气氛稍稍缓和了点。没有什么灾难是会立即发生、无可挽回的。

紧接着是第三杯。

“敬妻子与有情人。”

詹姆斯·帕拉丁转变了声音和态度，暗示着什么。他看了看艾琳和弗兰克、菲莉达和艾略特，又看了下莉迪亚和迪基，继续说道："这杯酒，敬我的妻子。"这次他一饮而尽，落座了。

大家终于舒了口气。最艰难的时刻已经过去了，格雷斯·帕拉丁看了一眼艾琳，把椅子又推了回去。

第五章
一石激起千层浪

客厅暂时成了避难所，大门紧闭，女人们面面相觑，窃窃私语。

“到底发生什么了？”布伦达一向很直接，“他疯了吗？”

帕拉丁小姐看着有些忧伤。

“亲爱的，我也毫无头绪。”

“他一定是疯了！”布伦达坚定地说，“把大家聚在一起说这种话！真是够了！”

艾琳一直在颤抖，突然大哭起来。

“我知道他肯定在说我——我什么事也没做——真的什么也没做。我不想来的——弗兰克知道我不想来的。我想和孩子们待着，可弗兰克对我大发脾气了啊！我希望——哎呀，我真希望——我没有听他的！他认为我干了些什么？为什么觉得是我？我连他在说什么都不知道。为什么不是其他人？”

她摸了半天，终于找到一块手帕。擦着眼泪，眼神却明显停留在她姐姐身上。布伦达狠狠地瞪了过去。

“你的意思是可能是我啰？艾琳，太谢谢你了！弗兰克应该会感激的，对吧？”

“亲爱的——亲爱的——别说气话！艾琳——布伦达！我们什么都不做就已经够糟糕的了。这里面肯定有什么误会。只要我们往这个方向去想，或许还能有所帮助，或许还能矫正回来。你们看不出来吗？不能失去理智，不要说些后悔话。现在，艾琳，收起眼泪。你想到菲莉达房间去吗？……不想？好吧，那莉迪亚肯定能好好安慰安慰你。待会儿我会让莱恩拿点咖啡过去，但你别一副刚哭过的样子。亲爱的菲尔，你和莉迪亚一起照顾一下艾琳。没人怀疑她——这太荒谬了。布伦达和我要畅聊一番。亲爱的，我们多久没坐下来好好聊聊了？估摸着好几个月了吧。快过来。”

布伦达很高兴有人愿意倾听她的委屈，她憋了很久，只想一吐为快。

“男人们结婚到底是为了什么呢？本来就弗兰克和我住一起，那会儿多开心呀。但看看他现在的样子！艾琳除了孩子，其他什么都不管。这必然是她的错——她笨死了，连打理家都不会。账单开支都翻倍了，却不知道钱花哪里去了。”

格雷斯·帕拉丁耐心地听着，微笑着回应。

“是啊，亲爱的，我们不能奢求人人都像你一样精打细算的。弗兰克总是夸你很能干。”

"是啊——"布伦达有苦难言，"为什么她就不能让我们单独待着？要不是她经常在面前晃悠，弗兰克根本想不到她。现在倒好，她居然说不要他了。"蜡黄的皮肤此时显得呆滞而泛红，嘴唇不停抽动着。

格雷斯·帕拉丁预见到，要相安无事地度过这个夜晚简直是痴心妄想。越过壁炉，能看到另一端的艾琳还在抹眼泪，不顾莉迪亚拿出来的粉扑粉盒。她突然做了个决定，把手放在布伦达肩上，站了起来。

"亲爱的——"这一举动引起了大家的注意，"亲爱的，我给你们每个人都准备了小礼物，我现在就上楼拿来。我不觉得这个愚蠢的争吵有资格阻止我给你们送礼物。菲尔，你过来和布伦达聊聊。我很快的——不，亲爱的，我自己去拿就行了——我知道在哪儿。"

转身出门，她稍微放松了些。艾琳在补妆，布伦达和菲尔不可能吵得起来。但她还是要抓紧时间，不要冒无谓的风险。暂时忘记了庄重，她提起裙子飞奔起来，脚步轻盈，如菲尔一般。

很快她就下来了。艾琳还没有补好妆，布伦达在和菲莉达谈论一些共同的朋友。她拿了四个圣诞彩纸包裹的礼物——白色的表面装饰着金色冬青叶和鲜红的浆果，上面系着不同颜色的彩带。银色的是给艾琳的，红色的是给布伦达的，绿色的是给莉迪亚的，金色的是给菲莉达的。

"只是些小东西。"她不好意思地笑了笑。

正当她们拆礼物时，门开了，莱恩拿着一个巨大的银托盘走了进来，上面放着咖啡用具。路易莎紧跟其后，举着一个大型蛋糕支架。

帕拉丁小姐心满意足地吸了口气。这场景再自然、再熟悉不过了——她亲切而优雅地分配着礼物；四个漂亮的姑娘兴奋地拆开明亮的包装；托盘放在胡桃木桌上；精致的银色咖啡壶、牛奶壶和糖粉盒；深蓝色和金色印染的老伍斯特壶。这一切都和过去的每一个新年前夜一般，并无二致。

路易莎放下蛋糕架，上面摆放着圣诞蛋糕，另外还有两盘混合饼干和巧克力手指饼干。同样的款式，固定的时间，一如传统——莱恩已经为这个家服务二十年了，他身材肥胖，几乎光秃秃的脑袋上只剩一圈银发；路易莎是当之无愧的二把手，性格正直，老式又不乏时尚的穿着，头发绾在后面，戴着一顶爱德华时期的帽子。这个画面在这种紧张的氛围中显得尤为让人安心。

摆放妥当，他们俩就下去了。姑娘们过来亲吻并感谢着格雷斯阿姨。莉迪亚拿到的她最喜欢的浴盐——“您从哪里买的呀？”布伦达拿到的是手电筒——“真的是太实用了。”送给艾琳的是吉米和丽娜的放大照片，精心嵌在相框里——“哎呀，格雷斯阿姨！”送给菲莉达的是半打手帕，手感柔软而细腻，角落里还绣着她的名字——“啊，亲爱的，太贵重了！用了您的券吧！”她们把格雷斯阿姨围在中间，微笑着，喋喋不休。这时，门又开了，男人们走了进来。

只有五个人。身材高大的詹姆斯·帕拉丁并不在其中。

第六章
熟悉的陌生人

扫码听本章节
英文原版朗读音频

还有些没包装的礼物，帕拉丁小姐不动声色地递给知道要来的四位男士，却忽略了第五位客人，艾略特·弗雷。其他每人拿到了一个口袋笔记本，简洁而实用，里面还夹着一支笔——弗兰克的是褐色的，迪基的是红色的，马克拿到了蓝色的，阿尔伯特拿到了紫色的。事实上，不用过多的言语或动作，明眼人都看得出来还有位不速之客在场。

艾略特本想苦中作乐，但自我嘲讽压抑不住，瞬间就转化成了熊熊怒火。今晚，想让他生气简直易如反掌。当前的场面微不足道，但在此背后，就像漂浮着的稻草下的暗流一般，有着一股说不清道不明的威力，充斥着冷酷无情的反抗力量。他一向观察入微，十分敏感，但从未像现在这般清楚。在这阵怨恨的浪潮中，伪装出的苦涩自嘲在内心的波动中很快就消失殆尽了。他有喝到咖啡吗？还是他根本就是个隐形人？

在这挣扎的时刻，莉迪亚拿了杯咖啡向他走来。莉迪亚的眼睛闪烁着，艾略特开口道：

“但这是你的。”

“我会再拿一杯的。”

人群的角落，周围一片嘈杂，艾略特的声音显得十分低沉，他们俩就好像置身事外一样——咖啡杯在中间；莉迪亚举起手递了过去；艾略特只是碰了碰茶杯，并没有接过去；她抬着头，一双绿眼睛闪闪发光；他低着头，眼神里充满着怒火。

她安慰道：“别傻了。”他回道：“我就是太傻才会待在这儿。”

“为什么来？”

“他很坚持，强调说这是公事。”

很明显，话中的“他”指的是詹姆斯·帕拉丁。

长长的黑色睫毛忽闪着。

“只是因为这个？”

“那还能因为什么？”

她笑了起来。

“我可不会受别人摆布。这儿，把你的咖啡拿走！别犯傻了。”

她把咖啡硬塞在他手里，转身走了。

过了一会儿，他绕过端着咖啡的人群，犹豫着向菲莉达走去。站在她身后，艾略特听到帕拉丁小姐坚定地说：

“我们要尽量和平时一样——按以往的流程进行下去——不

要给仆人们留下口舌。这很有必要，你同意吗？我知道这很难，但必须装作什么事也没有发生过。我不知道，也不敢想詹姆斯脑子里在想些什么。但要是我们因此而受到影响，那么他——哎，你没看出来吗，要是谁有些异样，他就会认为是因为他说的是事实。所以，我们一定要保持淡定——所有人都得淡定。一切都要和去年一样。”

艾略特·弗雷走了过来，凑近到菲莉达的肩膀，说：

“基于这一点，我们应该坐下来谈谈。去年就是这样的，不是吗？”

她转过身，吓了一跳，不是因为他近在咫尺的呼吸，而是他焕然一新的语气。过往的爱恨，恍如隔世。这句话说得轻巧，却有着不可描述的破坏力，深深刺伤了她，但她还是要强颜欢笑地应对。他有权伤害她的日子已经一去不复返了。她面带着微笑，转身径直走向沙发，和莉迪亚坐在了一起。虽然距离很近，但也很好地保持了距离。

艾略特感到一种莫名的喜悦，不是因为菲莉达，而是因为格雷斯·帕拉丁。他把他的妻子从格雷斯鼻子底下带走了，而她对此却无能为力。真是令人愉悦——有效的反击。一切都要和去年一样？好啊，看她有什么高招。去年今日，他和菲莉达刚度完蜜月回来。一周后，他们就分手了。就在那一周，他们的小屋子坍塌了，但仍然手牵着手满心期盼着新年——期盼着新年所赋予的幸福与甜蜜。想到此，他想他欠了份情，那异于以往的语气必然伤害了菲莉达。他有些内疚。

“我们该谈些什么？”

这次，菲莉达做好了准备。被逼无奈的时候，任何东西都能拿来当武器。无论是出于本能还是迫于选择，她采取了最简单、最意料之外、最古老的武器。她强打着笑脸说：

“你，难道不该和我说说你都做了些什么吗？我已经很久没有任何你的消息了。”

她语气轻柔，仿如春风，但并不能安抚他的愤怒：“我觉得你不会感兴趣的。”

“哦，不会呀。”她尽量轻描淡写地说，“我想知道的东西太多了。比如，你现在在做的事——结果出来了吗？你看起来心事重重的。”

“詹姆斯·帕拉丁才是告诉你这些事的最佳人选。”

她摇了摇头。

“不。他从来不说——你知道，他不会说什么的。另外……结果出来了吗？”

“没有——我们不得不放弃了。”

“啊，太可惜了！”

“并非如此。我们有了更好的选择——好很多。就是我现在在跟进的。”

不知不觉，气氛轻松了些。她注视的目光，是认真，是渴望，触动了内心最深处的情感——就像一个正在努力但不确定是否足够努力的孩子。记忆被掀开，她曾经对他说过：“无论你谈论什么，我都愿意聆听。但我不够聪明——有时候无法理解。你不会介意的，对吗？”当时他宠溺地回答：“也许别人喜欢聪明的，但我只要可爱的你就足矣。”

时间都去哪儿了？他们凝视着对方，中间却隔着一年的空白。昔日的过往烟消云散，脚下的道路突然崩塌，来不及道别，已分道扬镳。

菲莉达继续说着，好似没有隔阂般。

“你现在住哪里呢？”

不——如果真的没有隔阂，她就不会问这个问题了——“你住哪儿我就住哪儿……”

他不假思索地回答。

“我现在住在卡多根家里。他们人很好，而且也很方便。只是艾达经常抱怨，我和约翰一直在聊工作的事。”

他内心一阵酸楚：所以她根本不知道我住哪儿——并不在意。现在这样聊天算怎么回事？就像在坟墓里交谈一般。她不是菲莉达——她是鬼，想努力回到过去的鬼。可是，逝去的如何挽回，只是徒劳，又有何用？

她有些犹豫，结结巴巴地问：

“你为什么看起来不太对劲？怎么了？”

“我在想，你是个鬼。”

她睁大了双眼，眼神有些许闪躲。他伤害了她，带着残忍的兴奋。他曾经见过一个男人，在遭受打击时也是同样的神情。她低声快速说了句：

“我看起来——像鬼？”

“是的。”

她内心有些混乱，眼里的不安深不见底，红晕爬上了她的脸颊和双唇——却洋溢着生动的色彩。

“为什么这么说？我不喜欢。”

“难道不是吗？”

她低着头，并不认同，好像再也无法面对他了。她满脸绯红地说：

“那你是什么？”

“我想——”

“另一个鬼？”

他扑哧了一下。

“鬼魂不会彼此纠缠——是吧？”

“我不知道。”她抬起头，“艾略特——”

“嗯？”

“我们不能谈论些——谈论些平常的事吗？”

他有些防备：“我不知道，菲尔。今天太晚了。”

“拜托，艾略特——”她的声音压得不能再低，像是喃喃自语，“这一切都——太可怕了——不是吗？我指的是今晚。艾琳一直在哭，所有事都糟糕得不能再糟了。拜托了，艾略特——”

“好了，菲尔——别带什么偏见。”

“当然。艾略特，他是什么意思——到底是什么事？你知道吗？”

“他已经说得够明白了。”

她向他靠近。

“你觉得是真的吗？你觉得真的有人——啊，我不敢相信！”

“是的，我想是真的。”

红晕退了下去，她茫然了——惊恐了。

“是什么？”

艾略特还没来得及回答，只听格雷斯·帕拉丁喊了起来：

“菲尔，亲爱的——菲尔！”

没办法，只能先过去。

帕拉丁小姐勉强笑着，有些不知所措。

“菲尔，他们想散了。弗兰克打算带艾琳回家。也许——我本想继续，但艾琳状况不太好，弗兰克觉得……唉，不知道怎么办才好。”

弗兰克·安布罗斯就站在她旁边，眉头拧成了“川”字。

“没用的，格雷斯阿姨。可以假装拖延，但总归有个限度，我想我也该回去了，我和艾琳一起走。布伦达和莉迪亚就随便她们了。”

“啊，你不会想让我们走回去吧？”布伦达脱口而出。

这次，莉迪亚倒是意见一致，越快回家越好。格雷斯阿姨在仆人面前可以伪装得很好，没有人比她更在行了——“安布罗斯夫人很担心她的女儿——她下午就不怎么对劲了——帕拉丁先生不太舒服——”她都能想象得到她的话语、她的表情。莱恩一向善解人意。

互相道别后，安布罗斯一家一起走了。

帕拉丁小姐对莱恩说了些什么。莉迪亚很得意，因为几乎每个字都和她想象的一样——“安布罗斯夫人很担心她的女儿……”

十分钟后，马克和迪基也道了别，聚餐结束了。

第七章
道别

客厅里只剩下艾略特、菲莉达、格雷斯·帕拉丁还有阿尔伯特·皮尔逊了。阿尔伯特说要立即去处理紧急工作，很难分辨他是认真的还是随便找了个借口。他一向淡定从容。过去的二十九年，他是否也曾感到不公就只有他自己知道了。对于外界，他总是表现出一副难以被掌控的样子，有时候着实让人不适。完美的人一般都拥有极大的魅力。可惜阿尔伯特并没有什么魅力。然而，此时此刻，他的离去还是让其他三个人感到有些遗憾。

时间仿佛停住了。菲莉达站在火炉旁，眼神呆滞，侧身对着屋子，形态优雅，脸颊上两片红晕迷人而可爱。格雷斯·帕拉丁没有回到座位上去。艾略特站在不远处，彬彬有礼的冷漠表情试图掩盖那该死的尴尬和讽刺。要他先开口？那就等着吧。

无声的难堪。菲莉达回避了，帕拉丁小姐气不打一处来。凭什么他就这么傲慢、无礼，强行站在她们面前——站在菲莉达面前！她很难原谅詹姆斯怂恿他过来，他让菲尔震惊，简直不可饶恕。别人都走了，他还愣着干什么？她不禁下了逐客令：

“我想是时候道别了。莱恩会送你出去的。”

此话一出，本该备感羞辱，可不知怎的，艾略特顿时火冒三丈，什么也不在乎了，毫不客气地反驳：

“啊哈，帕拉丁先生没和您说吗？真不好意思，恐怕我今晚得住这儿了。我们有些重要的事要处理，帕拉丁先生很坚持。”

帕拉丁小姐一时语塞，血液顿时涌上头顶，愤怒驱使她几乎破口大骂，但下一秒就被她努力压制下去了。比起愤怒以及其他东西，更重要的是，菲莉达正在听着。她不能做错事，让自己陷入难堪。不论遇到什么挑衅，她都不能说什么，不能做什么，以免让菲莉达对艾略特产生同情，倒向他那边。她稳了稳情绪，组织了一下混乱的语言：

“没有，他没和我提过。我想他本该要和我知会一声的。”

艾略特欣赏帕拉丁小姐的这份克制。虽然他很不喜欢格雷斯·帕拉丁，但不得不承认她是个不容小觑的对手。在争抢菲莉达的较量中，他输了。失败的愤懑扼杀了微弱的敬佩，他不屑地说：

“我同意，但您不能因此怪罪于我。帕拉丁先生执意要我在场——我也无能为力。现在我得去见他了，晚安。”

格雷斯·帕拉丁低下头，倒退了一步。艾略特望向菲莉达，几乎同一时刻，她转过身走向了他。

“晚安，艾略特。”

“晚安。”说完，艾略特停顿了下，等着——想看看她会做什么，或者也是因为他很难看向别处。

她径直靠近他，带着温柔而梦幻的气息，把脸颊贴上去等待亲吻。这一切是那么简单自然，反而衬得艾略特的反应有些不情愿。他的嘴唇刚刚碰上，就分开了。她低头看着肩膀说了句“格雷斯阿姨，晚安”就离开了。

他没有追上去的冲动，而是呆若木鸡。曾经，他们是情侣，再见面已成陌路，像点头之交般无关痛痒地聊天。当初的爱恨纠葛已然逝去，菲莉达竟可以如此坦然地像对待长辈般地和他亲吻道别？他一下子蒙了，傻傻地看着格雷斯·帕拉丁跟着菲莉达一步一步消失在视线中。

第八章
不在场证明

和詹姆斯·帕拉丁谈话时，他还没有缓过来。谈话不长，他也早已找好了借口。詹姆斯既指望不上他，也没有刻意留下他，只是坐在写字台前，冷冷地挖苦道：

“来自首了？走吧！我很忙，我可不想说你现在看起来有多蠢。”

“谢谢，先生——莉迪亚一直在和我强调这一点。”

“她是什么话都敢说。真该找个丈夫好好管管她。但我现在说的是你。你今晚过来就是件愚蠢至极的事，有失体面，哼——太难堪了。”他冷笑了下，“要是被别人看到，你的形象也就毁了。他们都会认为你是来自首的。”

“自首什么？”

“某些愚蠢的事。” 詹姆斯·帕拉丁说，“这个世界上，愚蠢的人比聪明的人多得多，要我说，蠢人都是恶魔给造的。不管怎样，走吧你！明天早上就能拿到计划了。”

他走了出去，意识到阿尔伯特·皮尔逊在附近认真地盯着他。

“我想和你聊两句，弗雷——”

世界上没有谁比艾略特更不想和阿尔伯特谈话了，但他没法拒绝，只好说：“我以为你有要事去做。”但这句推辞毫无用处，阿尔伯特表示可以晚点再去做，便跟着艾略特向房间走去。房间在卧室那层的另一边，和菲莉达结婚前，他经常住那儿——要不是堆满了家具，看起来会更大。房间里满满当当地摆着桃花心木的床、衣柜、抽屉、梳妆台、洗手台，还有一张写字桌、一把扶手椅，另加两三个小一号的椅子。

阿尔伯特跟了进来，顺手把门带上。

“你介意我在这儿待到十二点吗？”

“什么？”

阿尔伯特重复了一遍问题，这个要求让艾略特十分不悦。

“你介意我在这儿待到十二点吗？你也看到了，我的处境被搞得太尴尬了。对安布罗斯一家来说，还没什么——他们可以回家，互相托词，理查德和马克也是。帕拉丁小姐和菲莉达只要愿意，可以形影不离。但他说了那句‘我会在书房待到十二点’，我该怎么办？——好啊，谁会站起来说，我没去找他；谁会说，我没承认在饭桌上提到的罪行？在这个家里，他们最希望的不就是我去自首吗——难道不是吗？不知道你有没有看出来，他们私下谈论时已经把罪行强安在我身上了。我反正看出来了，但我什么也不会做的。我的人品就是我的资本，我不会冒险毁了它。所以我需要一个证人来证明，在十二点前，我压根儿就没靠近过詹姆斯。”

艾略特靠在床边，双手插在裤兜里，不怀好意地说：

“是吗？在我进去之前，你不也有一两分钟的时间去自首——对吧？”

阿尔伯特摇了摇头。

“不，我没有。我到的时候，莱恩正在书房，放了杯喝的——他可以作证。我就在他后面，半分钟都不到。我想没人会怀疑，就这三十秒的时间，我还有空去自个首。”

“自首用不了多久。”

“确实。如果我在这儿待到十二点后，他们就不能怀疑我了。”

艾略特抬了抬眉毛。壁炉架上的时钟指针指向十点一刻。他一向不喜欢阿尔伯特，现在依然没有改观。要和不喜欢的人单独待近两小时，得多难熬啊！他宁愿一个人待着，于是不客气地说：

“我要上床睡觉了。”

阿尔伯特十分顽固。帕拉丁家的人都很固执，因为都是一个妈妈——米莉森特·帕拉丁所生，她外号就是骡子米莉。

“我得维护我的人品。”

艾略特礼貌地笑了笑。

“我随时可以把你关这儿，然后拿走钥匙。”

阿尔伯特真是深得已故皮尔逊女士的真传。他走到最近的椅子旁，一屁股坐了下来。

“那我可以用另一把钥匙。我可不愿意冒险。另外，你有考虑过你自己的处境吗？格雷斯阿姨可不太喜欢你，你也知道，对我如何就会对你如何。要是我们俩一块儿待着，她就没办法欲加之罪在我们俩身上了。懂吗？我可以证明，你没有机会找詹姆斯自首。所以这是互惠互利。”

情况一目了然，事实不可否认。真稀奇，他们俩竟成了一根绳上的蚂蚱，只能听天由命了。

阿尔伯特拖了把扶手椅靠过来，躺了下去，准备将就着打发时间。至少刚刚话音外的逐客令他没怎么在意。在英国，恐怕没有人比阿尔伯特更会唱独角戏了。他从对过去二十年来日本外交政策的全面分析自然过渡到蒋介石元帅的个人事迹和职业生涯。艾略特左耳朵进，右耳朵出，整个人漫不经心。不过这样也无所谓，阿尔伯特的声音时高时低，也没必要听他究竟说了些什么。

他有时回过神来，听到阿尔伯特一会儿谈共产主义，一会儿聊比例代表制，一会儿又在说鳗鱼的生活史，不过大部分时间他都沉浸在自己的思考中，任凭阿尔伯特自言自语。

第九章
菲莉达的自首

一关上客厅门，菲莉达就提起白色长裙飞奔了起来。上了楼，穿过长长的走廊，快步走进她的房间。还没来得及开灯，她就把门反锁上。今晚，是属于她自己的，谁也别想过来和她谈话。门锁了，心也上了锁。

她点了根蜡烛，如释重负。看厌了大量的深红色，这间房间显得清新迷人——奶油色的墙壁，淡蓝色的窗帘上点缀着精致的贝壳图案；家具是较现代的银灰色，以手工打造；银色的床上铺着淡蓝色的床单和枕头，以及蓝银相交的羽绒被；底下是一块灰色的地毯。这些都是格雷斯·帕拉丁精挑细选的，简洁而别致。

菲莉达站在房里，犹豫不决。她知道接下来会发生什么——外面响起短促的敲门声，门外有人轻声而有力地唤着她的名字。

“菲尔——亲爱的——你不让我进来吗？”

她似乎可以看见门把手被转来转去，她急忙回答：

“啊，是您吗，格雷斯阿姨？我刚刚已经上床了……”

“我只是想和你说声晚安。”

“晚安，格雷斯阿姨。”

有那么一刻，时间仿佛停顿了。听到离开的脚步声渐行渐远，菲莉达深呼了一口气，现在她终于可以独处了。她打开了所有的灯，一盏在梳妆台那儿——一盏长壁灯。房间顿时灯光摇曳——奶油色的银交织着勿忘我的蓝，菲莉达穿着一袭白裙站在那儿。

透过银框的镜子，里面的房间和她自己是那么陌生，虽然依旧光芒四射，绚丽多姿。整整一年，她都没在镜子里见过自己这般模样。1941 年要过去了，随之而去的还有曾经的她，不愿面对现实的她。镜子里的一定是别人，她靠近，凝视着那人的眼睛。突然，她转身朝门慢慢走去，把所有的灯熄灭，只留床头那一盏发出昏暗的微光。她又慢步走向火炉，缩在旁边的小凳子上，就这样呆呆地过了一刻钟。

最终，她还是起身，过去打开了门。在她面前，走廊绵延拉伸着，漆黑一片，空无一人。顶上的灯已经关了，楼梯那儿隐约闪烁着光亮。她竖起耳朵，万籁俱静。

一分钟过去了，她走出屋子，悄悄关上门，沿着走廊走着。走廊一侧是洗手间和格雷斯·帕拉丁的卧室，另一侧是客厅。走过中间过渡平台的一小段楼梯，就是通向大厅的宽阔台阶。

快走到底时，她又停下来仔细听着。大厅里有盏灯整晚都亮着，照着她左侧的客餐厅门，书房门在右侧，通向西厢。西厢里有好几间屋子，是詹姆斯·帕拉丁当时为他生病的夫人准备的——卧室、客厅、洗手间、更衣室。隔着阳台是一条小河，经过书房、球室和阳台间的走廊就可以到达。走廊尽头的楼梯通往楼上的卧室。自从帕拉丁夫人去世后，卧室就一直空着，詹姆斯·帕拉丁只用洗手间，睡在更衣室里，并且把客厅改成了书房。

他坐在书房里等着，眼睛盯着门，耳朵捕捉着最细微的声音。面前的书桌上整齐地摆着吸墨垫、笔盘、笔记本，还有一个精致的银色墨水台，那是当年员工送的结婚礼物。左边角落里放着《泰晤士报》。

他就这么坐着，一动不动。门口传来微弱得几乎听不见的亮灯声。詹姆斯·帕拉丁时刻准备着，喊了声："请进！"

很难说，当看到菲莉达出现时，詹姆斯是否吃了一惊。她一闪而进，仿佛用尽了全身力气，依然握着门把手，斜靠在门上。

"詹姆斯叔叔，我能和您聊聊吗？"

他看着菲莉达，目光犀利。当她还是个小女孩儿时，经常会被这种目光吓着，而现在，依旧会胆战心惊。她呼吸急促，眼神胆怯而游离。詹姆斯·帕拉丁回答："当然了，菲莉达，过来坐。把门锁上，这样就不会有人打扰我们了。"

她锁上门，在书桌对面坐下，艾略特一两个小时前也是坐在那儿。过了好一会儿，她因惶恐而睁大的双眼才慢慢平静下来，看了一眼詹姆斯·帕拉丁的脸，而后又满脸通红，把头扭了过去。

他微微一笑，说："好了，菲莉达——你是来自首的吗？"

她抬起头。

“詹姆斯叔叔，我想是的。”

“那你要坦白什么事？”

她急切地说：“您晚餐时说的——您不会——您指的不会是艾略特吧？”

“为什么会这么想？”

“因为他不会——他不能——”

“亲爱的，你很敏感。作为妻子，应该对她丈夫的忠诚深信不疑。”

詹姆斯的语气有些玩世不恭，菲莉达抬起头，不假思索，骄傲地说：“您肯定觉得我没有权利再为艾略特说什么了是吗？也许我是没有。但我知道有些事他是绝对不会做的。”

詹姆斯·帕拉丁点了点头。

“当然，亲爱的，真高兴你能放下。放心，我向你保证，我在等的不是你丈夫。现在，说说你的事？”

她又低下了头。

“这算不上什么自首——我就是觉得——我自己——我不知道该怎么描述——”

“像一个傻瓜？”詹姆斯·帕拉丁接上她的话。

他匆匆瞥了一眼，那双惶恐的眼底隐约带了点自嘲。

“也许吧——我不知道。这就是我想和您聊的。”

“为什么要和我聊？我想格雷斯才是最佳人选吧。”

菲莉达有些绝望地说：“她关注得太多了。我只是想和没那么关心的人聊聊——”她顿了下，补充道，“就像现在这样。”

詹姆斯·帕拉丁审视着她，眼里闪烁着古怪的幽默。

“观点新颖。我知道了，继续说吧。”

菲莉达说：“我不确定格雷斯阿姨去年有没有和您提过——艾略特和我的事。”

他抬了抬眉毛。

“让我想想——你们度完蜜月回来后，和莱昂内尔·弗雷一起在伦敦过了圣诞节。12 月 30 日，我们像之前一样庆祝了新年前夜。然后 1 月 6 日——还是 7 日，格雷斯告诉我，你们分手了。”

“她说原因了吗？”

“她说，”詹姆斯·帕拉丁的声音有些沙哑，“如果我没记错的话，她说‘事实证明他不配’，她还暗示你有权利提出离婚。她在那天很早的时候说的。你愿意告诉我究竟发生了什么事吗？”

“愿意。”她抬眼看着詹姆斯，“我从没和其他人说过这件事。他们要么太关注，要么根本不在意，只想一味地想给建议。”

“这是该死的习惯，”詹姆斯说，“谢谢你的赏识。”

这次，菲莉达的眼神没有回避。

“格雷斯阿姨为我做了很多事——基本是这个世界上所有的事。我心怀感激。但有的时候，爱成了负担，会让人觉得一旦离开，就是深深的伤害。我和艾略特订婚后，我觉得——我在伤害格雷斯阿姨，而且我还会继续伤害她，我很纠结，但无可奈何。她不喜欢他。”

詹姆斯·帕拉丁点了点头。

“是的，她不喜欢他。亲爱的，在我看来，无论你和谁结婚，她都不太可能满意。”

菲莉达又露出了惊恐的神情。

“我很难过，但无能为力。我们结婚了，去度蜜月。两天后，格雷斯阿姨拿到了一封迟到的信，是她的朋友克兰斯顿夫人寄来的，我一直不太喜欢她。这封信是关于艾略特的。”

“女人就喜欢多管闲事。” 詹姆斯·帕拉丁评价道。

“她说她认为格雷斯阿姨应该知道，他——他——”

“什么，亲爱的？”

菲莉达脸色煞白。

“发生了一起车祸。他和另一个女孩儿在一起，那个女孩儿受伤了，被送到克兰斯顿家的医院——所以克兰斯顿夫人会知道这件事。当时是艾略特开的车。当然，他们不得不提供姓名和地址。那个女孩儿名叫梅西·戴尔。克兰斯顿夫人说他们就住在路边的房子里。”

帕拉丁先生再次扬起了眉毛。

“就这样？”

“不，当然不止。只是——我从来没说过这件事——太难说出口。”

“我知道。你还想继续说吗？”

她点点头。

“是的，还有很多。我没有看那封信——我不想看。我不喜欢她，我想她只是把别人的闲言碎语写了下来——关于艾略特和那个女孩儿。但格雷斯阿姨十分伤心，我们已经结婚了。克兰斯顿夫人说艾略特和那个女孩儿还保持着联系，我不知道她是从何得知的。”

“她那种女人，总是费尽心机去八卦。”詹姆斯·帕拉丁说，“对了，那个女孩儿伤得重吗？”

“啊，没有，克兰斯顿夫人说没什么大碍——只是昏迷了，醒过来就没事了。”

“我知道了，继续吧。”

菲莉达满脸通红，目光躲避着他的直视。

“格雷斯阿姨——她想要查清楚——是不是真的。她托人去调查。”

“真是——大胆。”

“她——她认为她做的是对的。等我们回来，她一脸不悦。我不知如何是好——我本以为只是因为我要离她而去。直到有一天，她把一切告诉了我。她读了克兰斯顿夫人写的信，刚读完，艾略特就进来了。所以，我根本没有时间去思考。就像突如其来的车祸——上一秒还是好好的，下一秒就天崩地裂。艾略特问‘发生什么事了’，格雷斯阿姨回说‘菲莉达想听你解释一下梅西·戴尔的事’。我根本连说话的机会都没有。”

“确实没有。”

菲莉达抬眼望着他，眼神闪烁，脸色依然绯红。

“艾略特很生气——他们俩都很生气。格雷斯阿姨说：‘6月，你和她在佩德拉火车站共度周末。’艾略特说：‘就算是，也和您没有一点儿关系。’接着格雷斯阿姨逼问：‘你是否否认你一直在养她？’他回答说：‘这也不关您的事。’格雷斯阿姨不依不饶：‘你是否否认你上周刚刚去看过她，就在12月26日的下午？’艾略特说：‘我不会否认任何事。但现在，请您立刻出去，我要和我妻子单独说！’”

“那么她——出去了？”

菲莉达摇了摇头。

“她说：‘你以为还能自圆其说吗？’”

“那你说了些什么，菲莉达？”

“我没说——什么也没说。这听起来太蠢了，但即使我在脑海里想了千遍万遍——我也实在想不出能说什么。我好像什么也感受不到，什么东西也不想要，什么话也说不出，好像已经穷途末路了。直到现在，我还是会有这种感觉。我听到他们相互斥责。后来艾略特说：‘我要走了，你走吗，菲莉达？’格雷斯阿姨走过来，压住我说：‘不。’然后艾略特径直走了出去，砰的一声关上了门。我承认——我实在太蠢了。我以为他还会回来，但他没有；我以为他会给我写信，但他没有。格雷斯阿姨说他去找那个女孩儿了。”

“你确定他没有给你写信？”

“您这是什么意思？”

“没什么，我认为他应该会写信给你。”

“他没有。”

“如果我是你的话，我想我会亲自问问他。”

“问他？”

“为什么不呢？他现在就在这儿，你不会又什么都不问就让他再次走掉吧？”

“啊，这——”

詹姆斯·帕拉丁靠在椅子上，凝视着她。

“迄今为止，整件事听起来都有点极权主义，不是吗？原告发起一记漂亮的起诉，但没有辩护律师，被告还没有发声。”

菲莉达倒吸了一口气“啊”，接着，她说：“詹姆斯叔叔，请让我继续说吧，今晚我想把一切告诉您。”

“我很乐意聆听。”

“今天，当艾略特走进房间之前——”

“怎么了，亲爱的？”

“我一直闷闷不乐——从来没那么难过——但当他走进的那一刻，所有的不愉快瞬间消失了。真的，当我见到他时，所有的悲伤都烟消云散了，我开心极了。”

“嗯，我看出来了。”

“啊——”

“亲爱的，你的转变很明显，想不引起注意都难。”

她柔声叹息了下。

“这些都不重要了——我不在乎。”接着，她恳切地说，“这就是为什么我得来找您聊聊。是不是因为我已经厌倦了悲伤？我的意思是，我是不是应该放手，不再关心那些本该在意的事情？我想知道答案。您知道，格雷斯阿姨总是考虑很多，我也是，我不知道艾略特是否也同样这么在乎。也许，他现在已经不在乎了。”

“我会问问他。”詹姆斯·帕拉丁不假思索道。他往前靠了下，拉开书桌的一个抽屉，拿出一个印有国徽的锡盒。打开后，里面装满了各式的硬糖，詹姆斯挑了一个柠檬味的，把盒子递给了菲莉达。

“吃个糖，亲爱的，不要胡思乱想了。艾略特现在就在这儿，即使是被告，也有权利和感受。如果是我，会去听听他的解释。有人偷吃了我的糖——我已经怀疑了一段时间了。阿尔伯特？不，我认为不是——他太重规矩，不可能出格。我经常怀疑，阿尔伯特是不是真的是个人。你认为是谁？有个脸颊红润的孩子，我在走廊上碰到时脸色就变了，跟看到鬼一样的那个女孩儿，叫什么名字？”

菲莉达笑了笑。

“波莉·帕森斯。她才十六岁。我猜她应该喜欢吃糖。”

“我得给她点零用钱。你说，如果她发现糖盒子上面有个两盎司的小包，上面写着‘波莉’，会做何反应？”

菲莉达往后推了下椅子，站了起来。

“我想她肯定会被吓傻的。”菲莉达刚说完，背后的门把手转了下，锁发出刺耳的声音。

詹姆斯·帕拉丁的表情瞬间变了，一下子警觉起来，他喊道：

“等一下——我来开门！”说着，他一只手放在嘴唇上让菲莉达不要出声，另一只手挥了挥，示意她去旁边没人的卧室待一下。菲莉达快步走向卧室时听到詹姆斯跨过地板的声音。当她关上卧室门时，她听到了不同的声响——钥匙打开了书房门。

房间里一片漆黑——伸手不见五指。菲莉达不确定之前是否来过这儿。她隐约记得有那么一两次，她站在门口看着，仅此而已。当她还是个小女孩儿时，这儿是个禁地。过道上的一瞥让她想起厚重的深红色窗帘，覆盖着防尘布的巨大四柱床，还有那些红木家具。门和左手边的窗户被衣柜挡住了。

她静静地站着，试图回忆其他家具的位置。凭着记忆，她走向连接着走廊的门，尽量避免撞到任何东西。她觉得那儿可能是一个五斗柜——是的——又高又大的五斗柜，她就站在右侧。只要向前走五步，再转身走几步，就能到门口了。

正当她跨出了第一步，书房里传来了谈话声——詹姆斯·帕拉丁和另一个人的声音，都是她所熟悉的。她赶紧往后退了五步，转身，伸手摸索着，直到碰到了卧室门。

第十章
奇怪的声音

大约十一点半，艾略特·弗雷就完全清醒了。阿尔伯特已经从鳗鱼迁徙至马尾桑海说到如何繁殖了，那充满教育意义的喋喋不休突然变得极为可憎。正如水滴石穿，穿透了艾略特的最后一丁点儿忍耐力，只剩折磨。他猛地站了起来，伸展了下身子，提议道：

“我们去喝一杯吧。”

阿尔伯特愣了下，满脑子都是鳗鱼的事。透过厚厚的镜片，那棕色的小牛似的眼睛看着鼓鼓的。如果想知道被触怒的牛眼是什么样子，看看阿尔伯特就行了。

艾略特咧嘴笑着。

“走吧！莱恩习惯在餐厅留个盘子。我们去看看。”

屋子这边的房间和詹姆斯·帕拉丁的套房以及图书馆、球房在同一侧。要想去餐厅，他们可以走到走廊尽头那儿下楼梯，或者左转，从主楼梯走下来，再到大厅。他们选择了后者，这样也不用经过书房。

左转，经过一小段楼梯后，艾略特来到过渡平台。走到一半，大厅的景象大部分都被镀金的枝形吊灯遮住了，只剩一个黑色的阴影悬挂在空中，对着下面一盏燃烧着的灯。又走了几步，大厅进入了视线，巨大的桃红双门连接着大厅和门廊。右扇门似乎动了下，什么？艾略特极力控制着自己——他怎么能肯定门动了下呢？就像晚期的伽利略一样，他其实很确定动了。他定了会儿，转而继续往下走，门不动了。他想，就算詹姆斯·帕拉丁有客人，也不关他的事。也可能太晚了，不方便见客了。

他们走进大厅，楼上传来一些声响。就像刚刚门移动一样，只是猜测，不能确认。

在餐厅，艾略特拿了杯威士忌兑了点苏打水，阿尔伯特就着酒精灯冲了杯可可。阿尔伯特还想继续谈论鳗鱼，艾略特不客气地说他已经听够了，要是再继续说，就拒绝提供不在场证明。被怼的阿尔伯特只好静静地喝着可可。

等他们离开餐厅，艾略特试图分析起第二次听到的声音。他十分确定——那是从楼上客厅那边的房间传来的声音。格雷斯·帕拉丁和菲莉达就住在那儿，她们各有一个客厅和浴室。仆人住在另一边，没有其他人会睡在那边的屋子里。所以要是有什么声音，要么是菲莉达，要么是帕拉丁小姐了。刚刚听起来像是有人在走，他绞尽脑汁，却再也记不起什么。他听到的可能是脚步声，或者是开门关门的声音，印象很淡，没什么多余的细节。什么声音——他觉得是有人在走。回到自己的房间，抬眼看钟，已经是十二点零八分了。

终于迎来了1942年。阿尔伯特不再需要人证了。

第十一章
午夜的等待

扫码听本章节
英文原版朗读音频

再早些时候，当艾略特·弗雷和阿尔伯特·皮尔逊在餐厅时，詹姆斯·帕拉丁还坐在书桌前。距离他在家庭聚会上扔了个炸弹已经过去三小时了。他并没有表现出抵触或疲惫，相反，他依然精神抖擞，正襟危坐着。嘀嗒嘀嗒，时间一分一分地溜走，他并不无聊。静待十二点的来临，就能从承诺的义务中解脱，他一副和周遭和睦共处的样子。突然，他的眉头一皱，目光落在左角那个显眼的纸筒上，很快，紧锁的眉头舒展成颇为讽刺的微笑。桌子远处放着一个皮质日记本，内页朝下打开着，与深红色的桌子一对比，那明晃晃的蓝格外刺眼。他伸手拿了过来，困惑地看着上面的日期，2 月 1 日，又合上，随手放在了吸墨垫上。之后有那么一段时间，他似乎沉浸在愉快的回忆中。

现在，他朝后推了下椅子，从右裤兜里掏出一串钥匙，走到火炉左侧的文件柜前，移开，嵌在墙内的保险柜展露无遗。他拿了些老式的红色皮革盒子，上面盖着首字母 C.P. 的金色印泥。皮革有些褪色，金色也暗淡了，但里面的钻石依然闪耀无比，可用作头饰的项链；单石耳环；戒指——半环形、聚集形、卵形；手镯；胸针——在黑暗中沉睡了二十年，它们依然光彩夺目，一如当年克拉拉·帕拉丁戴着它们优雅地坐着，完成了壁炉上方的那幅画像。

他仔细对比这些真正的珠宝和画中的那些。画像确实不错，十分传神，钻石也闪耀着同样的光彩。这些钻石成色很好，可是花了大价钱买来的。自从克拉拉去世后，再也没人佩戴过它们。甚至，他从来没想过把这些传给布伦达或艾琳。也许克拉拉的女儿应该继承她的首饰，但这些钻石属于帕拉丁家族，是其资产的一部分。

他小心翼翼地把盒子放回保险柜，锁上，然后把文件柜推回原位。拿着钥匙，他走到壁炉那边——十二点差两分……好吧，他觉得现在应该没人会来敲书房门了。新年前夜就快要过去了。一个奇妙的夜晚，就这么艰难地度过了。

他一如往常地走到门口，把灯关了。正如之前重复了无数次，他穿过遮住了海湾的厚重窗帘，打开通往阳台的门。远眺，观察着这片土地的景色。和晚餐之前有所不同，左边依然有一束月光，驱散了乌云。不一会儿，光亮就会消失。身后房间，壁炉上的时钟敲击了第一次，开始报时。詹姆斯·帕拉丁站在阳台上，扶住栏杆向下望去。最后的零星月光闪烁在亨特草地那一条弯曲的河流上，让他依稀想起那些钻石。接着是一片漆黑。

当时钟敲响了最后一声，乌云散去，瓢泼大雨。

第十二章 坠落的尸体

半小时后，万籁俱寂。书房楼上房间来来去去的脚步声、洗澡时水流进流出的哗哗声，填满蓄水池时管道里的咕噜声——都消失了。洗完澡刚清醒了一下，下一秒一沾到枕头，艾略特就睡着了。当有意识的思想和行动都停止后，这座房子陷入了深深的梦魇。这座沉睡的房子安静得有种特殊的魔力。这是带着生命气息的静，不同于废弃住宅的静，不同于死亡的静。

菲莉达梦到黄昏时刻，自己漫步在花园里，空气中弥漫着玫瑰的香味，她知道艾略特就在那儿。她能感受到他的拥抱，却看不到他的脸。一个戴着黑面纱的女子走了过来，带走了艾略特。她蒙着面，菲莉达无法看清她的脸，但她觉得那就是梅西·戴尔。在梦里，她放下了所有的骄傲，朝他们奔去，大声呼唤着艾略特。

但他不见了，蒙面的女子转过身，摘下了面纱。不是梅西·戴尔，而是格雷斯·帕拉丁。她面无表情地说："我永远不会让你离开。"

菲莉达被一阵哭声惊醒。她迷迷糊糊，不能确定是否真的是哭声。周围一片黑暗，她害怕得瑟瑟发抖。梦中的危险感延伸到现实中，令人窒息。

她伸手打开了床头灯。瞬间，房间亮了，她渐渐被安全感包围。梦散了。她眨了眨眼，时钟显示刚过了十二点。糟糕的一年总算过去了。她很庆幸，不用干坐着眼睁睁地熬过去。就让它沉入黑暗，遗忘掉吧，就像一个久久不散去的鬼混，没人会感到遗憾。

她又关了灯，想着早上怎么去见艾略特。这次必须保证他们不被打扰。她想：我得邀请他到我的客厅来。她的内心泛起了一丝涟漪，计划和丈夫的约会真是有趣——有趣而美好。她要抛开所有不开心的事。想着想着，她慢慢进入了无梦的梦乡。

按照惯例，每天七点半，莱恩就会准时出现在帕拉丁先生的房间，从未改变。往前走了几步，他放下托盘，把窗户关上，拉上窗帘，打开了灯。1942 年第一个清晨，他按部就班地执行自己的职责，然而，当他回过头却惊讶地发现，床上居然没人。

他第一感觉是——人不在床上。但随之而来的却是不安，因为床上连睡过的痕迹都没有。被子叠得整整齐齐，枕头饱满，红白相间的睡衣铺在床上，并没有被使用。他吓了一跳，摸了摸床以证实自己看到的没错。他又赶紧去浴室查看，害怕帕拉丁先生是不是突然晕倒了。但浴室里井然有序——太整洁了——浴垫整齐地摆着，浴缸里没有水渍，牙刷牙膏还没有开封。

他惶恐地向书房走去，经过窗户，穿过窗帘，当他看到门虚掩着，冷风从门缝灌进来时，恐惧感更深了。湿冷的风正好打在他脸上，风中夹杂着雨的味道，晚上定是下过雨了。打开阳台门，他朝外看去。

门外一片漆黑。还有一小时才天亮，现在什么也看不见。尽管他很清楚阳台离栏杆有多远，但依然看不清边缘。

回到屋里，他翻出一个手电筒，打开，再次来到阳台。昨晚一定下了很大的雨，石头都被冲刷掉了，只剩一个个水潭。手电筒照着潮湿的旗子，灯光不停摇曳着，因为不管怎么努力，莱恩还是没办法完全拿稳。

他站在不足两英尺高的栏杆旁，拿着手电筒，喃喃自语。

“我平时经常说。莉齐可以作证——我平时经常说。这么一个不足两英尺高的栏杆，要是掉下去就危险了——我平时经常说。”

这句话并没有发出声音。莱恩嘴巴动了动，却没有发出声音。

他提起手电筒，朝下面照了照河边的小路。好像有什么东西在那儿——深色的衣服，男人的身形，他的四肢张开，在微弱的灯光下一动不动，像是躺在小路上，又像是在远处的石头上。

莱恩的颤抖止住了。他心里的一块大石头落了下来，接着便是惊恐。阳台最右边，一段台阶延伸到一个小草坪，那儿有一条乡村小路通向小河。有的地方是一两码宽的笔直道路，有的地方被截成宽点的台阶，十分湿滑。他不紧不慢地走了下来。这条小道应该用来在阳光明媚时散步，或者在一个夏日的午后沿着小路走到船屋去——而不是现在，不应该是在1月清晨还一片昏暗的时候。他想起今天已经是新年了。

他走到河边，用手电筒照着那个张开的黑色身形。是詹姆斯·帕拉丁，他已经死了。

第十三章
意外

一阵急促的敲门声惊醒了菲莉达。她在黑暗中迷迷糊糊地说了句：“请进！”门开了，又很快关上，天花板的灯啪的一声亮了。是艾略特，他的衣服胡乱穿着，头发乱糟糟的，脸色阴沉而严肃。菲莉达看了他一眼，原本的幸福感一扫而过，取而代之的是慌乱可怕的预感，连他冒昧现身都显得无关紧要了。她连忙起身，头发披散在肩头。

“啊！怎么了？艾略特——发生什么事了？”

“恐怕是不好的消息。”

菲莉达禁不住颤抖起来，不得不扶住他的胳膊来稳住自己。

“是帕拉丁先生——他出了意外。”

“意外——”

她的手握得更紧了，一切似乎都很自然。他说：

“他死了。”

话音刚落，菲莉达的眼泪瞬时喷涌而出。艾略特说：

“你最好先坐下。看着，菲尔，你得打起精神来。现在我们做什么、说什么都十分重要——我们两个都是。我们两个都得振作起来，保持冷静。”艾略特把她搀扶到床边，一起坐在床沿上。“听着，我会告诉你发生了什么。是莱恩发现的。他从阳台上摔了下去，就躺在河边的小路上。你也知道，他每天最后一件事就是在阳台散会儿步，看看风景——无论天晴还是下雨，从没间断过。他走到栏杆那儿时，一定是头晕了。他昨天没有上床睡觉，门还开着。莱恩拿着手电筒，发现了他的尸体。然后莱恩过来找我，我找到了阿尔伯特。我让阿尔伯特打电话把这个噩耗告诉了应该告诉的人——莫法特、弗兰克·安布罗斯、马克、迪基、霍尔顿先生，还有警察。”

她依旧紧紧抓着他。

“警察——”

艾略特极力克制着自己：

“因为这是一起意外——如果是意外，就得通知警察过来。”

菲莉达不寒而栗。她松开了手，转身和他四目相对。

“你的意思是——你刚刚说——这事很重要——我们现在说什么——”

艾略特并没有立刻回答。他站了起来，拿起椅子上的淡蓝色礼服走了回来。

“先穿上。”他把衣服披在她的身上，冷静地说，“我想你应该要告诉帕拉丁小姐。我们得想清楚，在警察面前应该说些什么。”

他们俩都站着。菲莉达束着腰间的绳子，抬眼看着他，害怕地问：

“你指的是什么？”

“我指的是昨晚晚餐时发生的事。事情已经发生了，我们无法逃避。很多人都听到了他说的话。如果要闭嘴，大家都得守口如瓶。如果要说的话——只要有一个人说起——警察就会问一堆问题了。”

绑好了腰带，菲莉达就急切地问：

“那你准备怎么做？”

眼神交会，艾略特的目光强硬而愤怒。

“我不知道。”短暂停顿后，“这是不是一个意外？”

“啊——”

他盯着她，目光依然强硬。

“是不是呢？你不知道——我也不知道。如果是，那么对每个人来说，不失为一件好事。你听到他说了什么——大家都听到了。这个家里有内鬼，帕拉丁先生已经找到了。对于怎么惩罚，他自有一套，没想公布。但究竟是谁，我们毫无头绪，只有帕拉丁先生知道。这就是问题的关键——他知道是谁。而他计划在书房一直待到午夜。等罪人自首，接受惩罚——这是他说的，对吧？所以，一定有人去了，并坦白了罪行。然而这个人却没有受到惩罚，因为詹姆斯·帕拉丁发生了意外。这难道不蹊跷吗？”

菲莉达脸色煞白。

“你怎么知道——有人——去坦白罪行了呢？”

艾略特说：

“我知道。”

“怎么——怎么知道的？”

犹豫了下，他接着说：

“之前有东西被拿了。现在，东西还回来了。”

“什么东西？”

他摇了摇头。

“我不能说。我只能告诉你，我确定昨晚有人去了书房。”

菲莉达看着他，直截了当地说：

“我去过。”

他的手一下子从她肩上滑了下来。

“你知道你在说什么吗？”

她点点头。

“当然。我去过书房，因为我有话和詹姆斯叔叔说。”

“他晚餐时候说了那样的话后，你还去书房找他？真是太蠢了。”

艾略特的责骂让她异常振奋。陌生人是不屑于骂你的。这是艾略特——他生气了。因为他们是自己人，他们是熟悉的人。

“哎，别傻了！我完全没有考虑到那个。只是单纯有话想和他说。”

没有一个男人能真正知道女人的脑子里在想些什么。艾略特怒视着她。

“他在餐厅说了那些话，你居然完全没有考虑到——你只想说说话？你想说什么？”

“关于我们。”

他松开了她，径直走到梳妆台那儿，背对着她，摆弄着桌上的小东西——指甲剪、粉扑、一小罐润肤霜、眉笔。

“你为什么要这么做？”

菲莉达笑了下，不再颤抖，眼眶湿润了。如果此刻艾略特能看看镜子，就能看到这一切。然而，他却只顾着盯着那些小玩意儿，内心急躁而愤怒。

她无辜地说：

“啊，我只是想这么做。”

听了这话，他一下子回身走向她。

“有人看到你了吗——进去或出来时？”

“应该没有。”

“那会儿是几点？”

“我没注意——差不多十点后。我在那大概待了二十分钟，但我不确定。我没看时间——然后。”

“这是什么意思，然后？”

菲莉达又一脸惊恐。她靠近了些。

“就是后来，我睡着了——然后又醒了——我做了一个噩梦——就在我醒来时，听到了哭声。啊，艾略特，你觉得——”

他立马打断了她：

“你看时间了吗？那会儿是几点？”

“刚过了十二点——大概过了一分钟。我开灯看了下。哎——这有什么关系吗？”

“听起来是这样。现在看着我——对此事你得绝口不提。你十点前就回房了，然后上床睡觉，一夜到天亮。你什么也没有听见，你什么也不知道——就这么说。闭上嘴——听到了吗？”

菲莉达不知所措：“我——不——知道——”

他抓住她的肩膀，猛烈摇晃着。

“不，你得知道！你听到我说什么了，你得照我说的去做！我不想你牵扯其中，太糟了！”

菲莉达心动了。如果他不关心她，就不会如此生气。他简直暴跳如雷，他的下巴凸出，抓得她肩膀生疼。她低下头，想藏起自己不合时宜的喜悦。就在这时，门开了，格雷斯·帕拉丁走了进来。

她绾起了头发，一身紫色的晨衣，穿了一双毛茸茸的拖鞋。此刻的景象极易产生误会——菲莉达低着头，艾略特的手刚从她肩膀上放了下来。这可能是拥抱结束——或者刚准备拥抱。她的眼中有怒火在烧。

“这是什么意思？”

遗憾的是，心神不宁的艾略特此刻能想到的所有措辞都不足以体面地回答这个问题。对于一个即将被告知哥哥遭遇不幸的女人，没办法再抬杠。他淡淡地说了句：“菲莉达会告诉你的，帕拉丁小姐。”说完，头也不回地离开了。

格雷斯·帕拉丁走到菲莉达身边，伸手抱住了她。

“亲爱的，别这样！我从没想过——他居然如此大胆，私自闯入——真是厚颜无耻！你千万别因为这个而沮丧。我不会再让这种事发生了。”

菲莉达没有抬头，只是缓缓地说：

“让我沮丧的不是艾略特，格雷斯阿姨。”

格雷斯·帕拉丁愣住了。

“你这是什么意思？”

菲莉达攒起全身的力气。她必须一鼓作气，稳住自己。

“刚刚发生了一些事，艾略特是过来通知我的。这是很可怕的事，是——是——詹姆斯叔叔——”

“什么？”格雷斯·帕拉丁害怕地尖叫起来。

菲莉达说：“啊，格雷斯阿姨——他死了！”

第十四章
统一说辞

一家人聚在帕拉丁小姐的客厅里，所有摆设井然有序。古色古香的胡桃木桌子搭配着安妮女王椅，深蓝色的窗帘，同色系的屋内装饰，平整的奶白色墙面上挂着六幅相得益彰的水彩画。不过最吸人眼球的还是各种尺寸、随处摆放的相片，从出生时期到杂志文章，都是菲莉达。当然，婚纱照并没有陈列其中。照片止于菲莉达·帕拉丁，当她成为菲莉达·弗雷之后的照片一张也没有。不过，只有陌生人才会大惊小怪，这个家的人对此早就习以为常了。这会儿坐着——格雷斯·帕拉丁、弗兰克和布伦达·安布罗斯、马克和理查德·帕拉丁——妹妹、继子和继女、侄子——以及菲莉达。

艾略特·弗雷进来时，帕拉丁小姐正在说话。他关上门，四周扫了一下——格雷斯·帕拉丁和菲莉达坐在沙发上；马克靠在窗边，背对着房子；弗兰克·安布罗斯和迪基围着壁炉，弗兰克一只手肘伏在壁炉架上，迪基摆弄着一段绳子，两个人都显得紧张而震惊；布伦达笔直地坐在一张安妮女王椅上，黑毡帽都戴歪了。

格雷斯·帕拉丁并没有注意到门声，继续用深情而饱满的声音说着：

“我看不出有什么问题。那根本不是他。我不知道当时有多震惊。提起此事不仅是不必要的——也是对他的不公。如果真是他，断然不会说那番话。这——”声音高得快要破音了，“这实在太糟了，太让人心痛了。想必大家都这么觉得吧，我认为应该尽快忘却此事，不能以那种记忆回想起他来。”她强装着微笑，嘴角抽搐，一一扫过大家。

马克背对着大家，看不出在想什么。布伦达看起来很坚定。弗兰克·安布罗斯一脸阴沉，充满疑虑。只有迪基给了她肯定的回应。艾略特显然被排除在外，但只有他发话了。他走上前去，加入了讨论。

“我猜你们正在谈论，是不是该提起昨天晚餐发生的事。”

“我们为什么要说？”布伦达一语惊人，大家齐刷刷地看了过去，“我不认为这关任何人什么事。”

迪基点头附和。

“当然不关。怎么可能呢？整件事荒谬极了——我不知道我们为什么要讨论这个。格雷斯阿姨已经把该说的都说了，昨晚，他根本不是他自己——在座的都可以作证。我想他当时肯定神志不清——搞得我们都神志不清了。然后他像往常一样去阳台那儿看河，不小心摔了下去。可能是一阵头晕或其他原因。这事已经很糟糕了，但事已至此，我们不想更糟吧，我们得振作起来。”

弗兰克·安布罗斯说：

“是的，这事糟透了。”他接着说，“我认为对于这一问题没有什么可纠结的——怎么可能有？”他说得闷闷的，听起来没什么信心。大家都垂头丧气的。

鸦雀无声，直到艾略特打破了沉默：

“他们会问他昨晚是否有什么反常，还会问谁是最后一个见他的。”

没人回应。他把和菲莉达说的话重复了一遍。

“如果要闭口不谈，那么所有人都得守口如瓶。昨晚，除了帕拉丁先生，我们一共有十个人。他对我们其中一个做出了强烈的指控。他虽然没说是谁，但却说他知道。同时还提过要用自己的方式来惩罚那个人，而惩罚取决于这个人是否在午夜前向他自首了。他承诺会在书房待到十二点。大家心里明白，他不会无缘无故说那番话的。如果他说会在书房待到十二点，那么他就会待到十二点。大家也都清楚，每天上床就寝前，他都会去阳台看会儿风景。我们之前都听他说过，除非不在家，否则他这一习惯从未打破过。好了，如果把这三件事放在一起来看，我们可能会被问一些不想回答的问题。最好都绝口不提，但问题在于，只要我们其中有一个人说了这件事，我们就陷入水深火热中了。现在该考虑的是，当时在座的十个人是否可靠。”

格雷斯·帕拉丁眼神略过了他，强调说：

“这事该由家里人决定的。”

这句话说得平淡，很容易忽略话中之意——艾略特·弗雷搅进了与他无关的家事。不过他根本没时间分析这句话或反驳。

“对于昨晚上帕拉丁先生说过些什么，在场十个人的说法得保持一致。皮尔逊很有利——他是一个人来的。那么艾琳和莉迪亚呢？弗兰克，你能替她们做决定吗？时间不多了，你知道——警官还等着见帕拉丁小姐呢。怎么说？”

他问的是弗兰克，回答的却是布伦达。她冷笑道：

“莉迪亚和艾琳！我可不认为她们能管得住自己的嘴！不得不说，我从来没见她们试过管住嘴！”

弗兰克·安布罗斯眉头皱得更厉害了。

“她们必须——就这样。”

“如果她们做不到呢？”

“她们必须做到。”他颤动了下，直起了身子。“关于昨晚发生的事，已经说得够多了。我同意格雷斯阿姨的说法，他不是他自己——他从来不会这样。整件事让人心痛，但我找不到任何理由去讨论这个。我建议我们就此打住。这和警察一点儿关系也没有，事故也不需要什么解释。我想我们不要再继续这个话题了。”

格雷斯·帕拉丁表态：

“完全同意。”

安静了一会儿，布伦达·安布罗斯毫不含糊地说：

“我想知道他脑子里装了些什么。我也想知道昨晚是否有人去书房见过他。”

菲莉达的脸刹那间红了。艾略特注意到了，因为他一直看着她。在生气和害怕是否有其他人注意到她的异样之时，他想起之前莉迪亚说的话——她确实瘦了。他不喜欢那条灰裙子——让她看起来像个鬼魂似的。但现在她不得不穿着。冰冷的哀悼传统——真是蒙昧。对视时，他使了使眼色，让她不要说话。然后他转向布伦达。

“这是警察会问的另一个问题——谁是最后一个见帕拉丁先生的？在客厅说了晚安后，我和他待了一两分钟。如果之后没人见过他，那么我应该就是最后一个见他的了。”

格雷斯·帕拉丁的目光一闪而过。

“你去书房见过他？”

“是的。”

“我们能问问为什么吗？”

“尽管问好了——没什么好隐瞒的。昨晚，他让我留下，因为我们有公事要处理。我去书房和我老板道晚安。我在那儿待了三分钟不到，阿尔伯特可以作证。他看到我进去了，而且一直等到我出来。”

布伦达注视着他，突然像是有了重大发现。

“阿尔伯特——这就对了！我打赌就是阿尔伯特——我敢打赌。我猜他肯定做了些什么——泄露了官方机密，或者金钱欺诈？如果想想这点，阿尔伯特很可能就是那个人。”

艾略特笑了。

“这，亲爱的布伦达，阿尔伯特早就想到了这一点，所以他才会等我。他很坦白地告诉我，别人肯定会怀疑到他头上，他需要不在场证明。他一直跟着我，直到过了十二点。唉，简直就像和《大英百科全书》待了一晚。但我得说，意外发生之前，他根本没机会靠近书房。”

“但谁也不知道意外是什么时候发生的——确切时间。他们怎么会知道？”迪基问。

艾略特回头看了他一眼。

“关于这个，事实上，他们可以，因为刚过了十二点就下雨了，而尸体下的地面是干的。警官说雨下得很大。阿尔伯特和我那时候在餐厅喝了杯酒。大概十二点十分，我们回到房间，互道了晚安。所以，怀疑阿尔伯特恐怕是没道理的。”

布伦达蔫了：“真是遗憾——”就在这时，门开了，阿尔伯特·皮尔逊走了进来。

“警官说要见一下帕拉丁小姐。”

格雷斯·帕拉丁站了起来。

“也许在这儿见会更好。你们觉得呢？”

艾略特下令：

“阿尔伯特，关门！听着，我们已经达成了一致，没有必要提起昨天晚餐时发生的事。”

阿尔伯特连忙回答：

“啊，是的——不要自找麻烦。但恐怕没那么容易——不是吗？”

马克·帕拉丁第一次转过身。从菲莉达的客厅望出去，潮湿的碎石、霜冻的草坪、黑暗的灌木丛，还有河流都尽收眼底。

很难说马克是否有在看。他转过身，艾略特感到他有些震惊。黝黑的皮肤泛出一丝绿光，每一寸肌肉都绷紧了，下巴的线条很僵硬。从眼睛里可以看出他一夜无眠。他粗暴地说：

“你这是什么意思？”

阿尔伯特靠近了些。

“这个，你知道的，很奇怪。”

“什么意思？”

“他们不满意。我一直和他们在一起，已经竭尽全力了，但他们还是不满意。”

“你说他们不满意是什么意思？”

马克双手深深插在裤兜里，艾略特猜他正握着拳头。他浑身上下都紧绷着，有些退缩。他一向很欣赏马克。

阿尔伯特说起话来总让人觉得有些自大：

“好吧，他们不满意，他们认为这不仅仅是个意外。”

“那还能是什么？”格雷斯·帕拉丁有些愤慨。

阿尔伯特转身回答：

“这个嘛，帕拉丁小姐，他们没有明说。但很明显，他们不满足于此。他身上有很多擦伤，想必是撞到栏杆时造成的。霍尔顿医生说，他有挣扎过，想爬起来。但他们觉得要是他晕倒了肯定就不会是这样。我想这听起来恐怕有点互相矛盾。”

第十五章
问讯

瓦伊纳警官走了进来，整个形象类似传统商店里的温驯小牛。他有些局促，因为他的鞋子不仅庞大，还很泥泞。整个氛围正如皮尔逊先生所描述的那样，很奇怪。之前与帕拉丁小姐打交道都很愉快，都是资助警察编组车辆、在警察舞会和慈善机构上捐赠之类的好事。当然一码归一码，现在得公事公办。他打心眼里希望警察局的外科医生弗里斯别对那些割伤擦伤那么在意。霍尔顿医生现在正尽力辩解，以便让这件事变得容易点，让这个家庭好受些——二十多年的家庭医生也不是白当的。但弗里斯来了，把问题丢给了他——好吧，毫无疑问，弗里斯有不同的见解，没那么容易混过去。考虑到声誉，一切还是谨慎些好。弗里斯一向自以为是，看待问题见解独到。如果一个人突然犯晕，肯定跌跌撞撞，直接倒下了。至少他不会重重地撞上两英尺高的栏杆，把裤子割破，膝盖还受了伤。弗里斯肯定这些擦伤是死之前造成的，大家也都可以看到石头从栏杆那儿被撞了下来——显而易见，霍尔顿医生也没什么好反驳的。这件事没那么简单，帕拉丁先生像是被推到了栏杆那儿。那么问题来了——是谁推的？谁都没有动机，这件事非常蹊跷。

他走进房间，满脑子都在想这些。眼前，帕拉丁小姐穿了一件朴素的黑裙，高大而端庄。她点了下头，向他道了声早安，请他坐下。他挑了张布伦达之前坐过的椅子，希望谈话一切顺利。其他人都退下了，只剩帕拉丁小姐一人，表情凝重。

“警官先生，这真是一起令人伤心的意外。”

帕拉丁小姐说话的方式卓有深意，不禁让他挺起了背。皮尔逊先生很清楚，弗里斯医生认为这不仅仅是场意外。关于这个，弗里斯倒是十分坦率，毫无顾忌地当着男管家和皮尔逊的面，下结论说这不是场意外。瓦伊纳警官不相信皮尔逊先生能对此缄默不语。按常理，他百分之百听到什么就会忍不住传播出去。当帕拉丁小姐直接将此定义为伤心的意外时，他不自觉地挺直了背，看来她试着想把这事压下去。不过，他有职责在身。

他坐在安娜女王椅上，看着眼前的这位女士，直截了当地说：

“弗里斯医生认为这不是场意外。”

帕拉丁小姐手上拿了块手帕。她可能哭了，也可能没哭。她用手帕擦了擦嘴，正襟危坐着。

“弗里斯医生？您指的是？霍尔顿医生才是我哥哥的医生。”

警官点了点头。

“弗里斯医生是警察局的外科医生。他认为这不是场意外。”瓦伊纳解释道。

她听着，感到越来越痛苦。

“但是，警官——我不相信。您的意思是——不，弗里斯医生的意思是——我哥哥是被推下去的？”

“这是他对于现有证据的推测，我不得不说，我也认同他的想法。”

她惊恐着盯着他。

“但是，谁——没人——太可怕了——”

“这正是我们要弄清楚的。希望您能配合我们。”

“当然。”

“也许，您不介意回答我几个问题。”

“不，请说。”

他稍微向前坐了点——一个高大魁梧的男人，两鬓发白，一张饱经风霜的脸，一双深邃的蓝色眼睛。他开口问道：

“第一个问题，您是否有怀疑对象？”

“没有。”

“没有人有动机吗——有没有人想让他离开？有没有争吵？有没有威胁或恐吓信之类的？”

“我对此并不知情。”

“在工作中有没有分歧——或者在家里？”

帕拉丁小姐冷冷地回答：

“当然没有。”

瓦伊纳语气中有些抱歉：

“请别介意我问这些问题——这些都是例行公事。昨晚在此举行了家庭聚会，这些是男主管给我的名单。在这间屋子里，除了您和帕拉丁先生，共进晚餐的还有弗雷夫妇、皮尔逊先生、安布罗斯夫妇、安布罗斯小姐、彭宁顿小姐、马克·帕拉丁先生、理查德·帕拉丁先生。是吗？”

“是的。”

“晚餐是几点开始的？”

“本来是八点，但我们晚了几分钟。弗雷先生因公事来访，我们没料到他会来，所以开席晚了会儿。”

“我知道了。能告诉我，您是何时离开餐厅的吗？”

“九点左右，大概吧——我没有太在意。”

“聚餐结束得很早，不是吗？”

“安布罗斯夫人很担心她的小女儿。他们九点半左右就离开了。”

“那么马克先生和理查德先生呢？”

“不久也走了。”

“晚餐后帕拉丁先生有和你们一起去客厅吗？”

“没有。”

“这正常吗？”

帕拉丁小姐犹豫了下，说：

“我不太理解您的意思。”

警官直直地盯着她。

“你们一起共度新年前夜，晚餐结束后，帕拉丁先生却没有和你们一起去客厅，而是直接从餐厅去了书房。这难道正常吗？”

帕拉丁小姐说：

“我觉得他当时不太像他自己。”

“你的意思是他病了？”

“啊，不——不是生病——我不是指这个。只不过，他看起来和平常不太一样，所以他没有来客厅，我不过认为他只是想自己待一会儿。他一整天都在处理很多事，弗雷先生和他一直处理到吃晚餐的时间，他毕竟不年轻了。”

她解释得太多了，他想，然后问道：“那离开餐厅后，您见过他吗？”

“没有。”帕拉丁小姐回答，又用手帕擦了下嘴。

“聚会结束时也没有？”

“没有。”

“安布罗斯夫妇和其他人走的时候，他都没有从书房出来吗？”

“没有。”

“他们没有去书房道别吗？”

“没有。”

瓦伊纳警官把重心移到椅子上。

“这是不是不太正常，帕拉丁小姐？”

她充满防备，拿着手帕的手指关节微微泛白。

“不——我不知道。我们都理所当然地认为他不想被打扰。这是家庭聚会，没必要那么客套。”

“那么你们中有谁见过他吗？”

“据我所知没有。啊，我想弗雷先生见过。”

“哦，弗雷先生？是的，我想他是说过——他去道了别。那还有谁去道过别吗？”

“真的，我不清楚。”

“安布罗斯夫妇没有——或安布罗斯小姐——或马克——或理查德先生？”

“没有。”

“或您自己？”

“我觉得他并不希望被打扰。”

“或弗雷夫人？”

“哦，没有。她在我之前就上楼了。”

警官俯身向前。

“帕拉丁小姐，您必须意识到，这一切听起来都不太正常。我有必要问您，聚会结束是否有什么隐情。除了弗雷先生，没有人去道别，这怎么解释？我不得不说，听起来像是有什么家庭纠纷。”

“没有纠纷。”

“没有意见不合？没有什么不愉快吗？没什么促使帕拉丁先生直接去了书房？聚会九点半就结束却没人去道别，没有什么原因吗？”

她挺直了身子，冷静地重复：

“聚会结束，是因为安布罗斯夫人担心她的小女儿。”

“是得了重病吗？”

“哦，那倒不算。不过，她这人总是过分焦虑。”

“帕拉丁小姐，您必须知道，这不足以解释整个聚会在九点四十五分之前就结束了。也无法解释为什么没人去和帕拉丁先生道别。您真的还是坚持说什么事都没有发生——没有什么不愉快的事吗？”

她直视着他的脸，坚定地回答：

“什么也没有。”

第十六章
下一个受访者

扫码听本章节
英文原版朗读音频

穿过走廊，大家本能地聚集在菲莉达的客厅，以免被孤立出去——这是原始的群居本能。这次没有人坐下。马克靠着壁炉，看着火苗，肩膀对着房内。迪基还是在玩一段绳子。可怕的沉默，没人愿意当出头鸟，提起大家心知肚明的想法。事实上，如果连阿尔伯特都不说话，那就别指望其他人能开金口了。在此之前从未发生，此后也很难再现。他走在最后，站在那儿，看着家庭相册，像是探索世界般。大家都僵硬地站着，眼神呆滞，试图找个轻松的姿势。

布伦达率先发声，直言不讳道：

“真希望知道格雷斯阿姨对警官说了些什么。”

她的哥哥皱着眉头瞟了她一眼。

“她当然会说我们约定好的——为什么不呢？”

阿尔伯特·皮尔逊朝屋里走了走。

“真遗憾，我们没时间多讨论讨论。弗里斯医生坚持说这不是场意外。当他们从莱恩口中得知聚会很早就结束了时，我就料想到他们肯定会问一大堆问题。当然，我们不想撒谎，但也不想把事情复杂化了。”

布伦达问：“那艾琳——还有莉迪亚怎么办？万一他去问她们俩呢？是不是要打个电话，让她们注意自己的言辞？”

弗兰克·安布罗斯说：“不行。”

“你不打，那我来。”

“太冒险了。况且，电话出了故障——至少昨晚上有问题。”

布伦达耸了耸肩。

“完了，我敢打赌，她们肯定会说漏嘴的。”

“莉迪亚自有分寸。”迪基说。

布伦达冷笑道：

“但艾琳可是一点儿分寸也没有！”

弗兰克冷冷地说：

“说话注意点，可不可以！”

艾略特·弗雷环顾了一下四周，有种即将爆发灾难的预感——他讨厌这间漂亮的房间，因为这根本不是菲莉达自己的房间。房间的陈设都是格雷斯·帕拉丁设计的——她的品位、她选的家具、她所认为一个年轻姑娘的房间应该是什么样子：淡紫色、粉红色、大量的蓝色。他想：这远远超过了我们所能承受的。如果把我们十个人轮流审问一番，肯定会有人崩溃的。

菲莉达拉了下他的胳膊，耳语道：

“艾略特，我不会说谎——我觉得我做不到。”

他看着她，有些生气。

“哈，你做不到？”

她摇了摇头。

“为什么我们不能实话实说呢？”

他把手抽了出来。带着不同寻常的愤怒，用几乎听不见的声音喃喃道：

“你不能说你去过书房——听到了吗？”

“嗯，我不会说，除非他问我。”

“他不会问你的——为什么他会问？”

“我不确定——万一问了呢。”

“那么你就该回答‘没有’！”

她摇了摇头。

“我不能，艾略特——说实话，我做不到。”

“乔治·华盛顿都没你难做？”他的手紧紧抓着她，“别那么蠢，菲尔！”

“你弄疼我了，”她无力地说。“我简直想掐断你的脖子！”艾略特愤愤然。

猝不及防地，菲莉达居然看着他笑了。当一个人对你笑时，你能做何反应？而当他刚骂了她而且说想要掐断她脖子后，她怎么还能笑得出来？他猛地松开了她。这时，布伦达重复了一遍开场时的话。

“真希望知道格雷斯阿姨对警官说了些什么。”

帕拉丁小姐的问讯结束了，瓦伊纳警官在考虑下一个应该见谁。他无意让她和其他人会合，于是想了个不动声色的计划。他把曼纳斯军士喊来，告诉他帕拉丁小姐要录笔录。即使没有事先沟通，就凭曼纳斯军士缓慢的书写节奏和要把每件事确认无误的强迫症，也能拖上个把小时，足以堵住那些想催促他的人。

警官打算这次去书房询问下一个受访者。沿着走廊走了几步，忽然听到大厅那儿传来声响。他扶着栏杆看了一眼，立马快步下楼，快到中间平台时，遇到了正往上走的弗兰克·安布罗斯夫人和她的妹妹。两人显然为哀悼打扮了一番，安布罗斯夫人穿了件毛皮大衣，头上戴了顶黑色无檐帽；彭宁顿小姐则穿了身灰色呢大衣，搭配了裙子和白色围巾，她头上并没有戴什么东西，一头明亮的卷发分外显眼。警官拦住了她们。

“早上好，安布罗斯夫人，节哀顺变。不知您能否给我几分钟的时间？我想录下您的笔录。”

艾琳瞪大了双眼。

“我的笔录？”

“是的，安布罗斯夫人。由于事发突然，我必须记录昨晚在此用餐的每个人的笔录。不知道您是否介意去书房——不会耽误您太多时间的——”

她张大了嘴，随即又闭上。莉迪亚站在两步高的地方看着他们。她脸色有些苍白，由于没有化妆，看起来娇弱而平凡。有个念头在警官脑中一闪而过，但当他看到那坚定的灰绿色眼睛，就立刻打消了。她神志清醒，表现得很有胆量，从莉迪亚·彭宁顿嘴里恐怕问不出什么。艾琳嘴巴微张呆立在那儿，警官转向艾琳，暗自庆幸这回应该是挑对了人。好，他要赶在别人告诉她该怎么说之前尽快把她单独带到书房去。

莉迪亚追问道：

“您希望我一起去吗？”

他微笑着回答：

“不是现在，谢谢您，彭宁顿小姐。”

第十七章
是谋杀吗

莉迪亚跑上楼，站在过道那儿听了一会儿，声音是从菲莉达客厅传来的。她打开门，走了进去。所有人的第一反应都是同一个问题。弗兰克、布伦达和迪基同时问道：

“艾琳呢？”

“跟一个魁梧的警官走了。他在大厅那儿碰到了我们，然后把艾琳带到书房录笔录去了。怎么了？”

布伦达惊叫道：“糟了！”迪基喊了句：“天哪，弗兰克——你是不是最好下楼去？你最好在她说太多不该说的之前阻止她。”

弗兰克耸了耸肩。

“要是艾琳想说什么，能阻止得了吗？她从来不听别人的建议——尤其是我的建议。再说，这样像什么样子？瓦伊纳肯定一眼就看出有鬼了。”

“你应该早点给她打电话的。”迪基埋怨着。

“我刚说了，电话出故障了。”

“那，你既然知道消息，他们是怎么打通的？”

“阿尔伯特打到隔壁布雷默顿家，让他们帮忙传话的。难道你要我打给杰克·布雷默顿，请他转告艾琳要闭嘴吗？”

迪基无奈地说：“好吧，好吧——”

莉迪亚走到中间。

“弗兰克，怎么回事？艾略特——怎么了？”

回答的是马克·帕拉丁，他转过身，严肃地说：

“弗里斯说，这是一起谋杀。”

之前从来没人说过那个词。一石激起千层浪，打破了掩饰的平静，冲破了脆弱的防线。莉迪亚禁不住大叫了声：“马克！”马克继续说：

“正是如此。自欺欺人地保持沉默、想掩盖过去是没用的。弗里斯说，他并不是自己摔下去的，而是被人推下去的。意思不就是这样，难道不是吗？想想吧，如果他是被推下去的话，那就是谋杀。”

莉迪亚呆立在那儿，看着马克。过了一会儿，她转向艾略特·弗雷。

“弗里斯医生说他是被推下去的？”

“是的，他是这么说的。”

“为什么这么说？”

他一五一十地解释了。

莉迪亚听完，若有所思："我知道了——"接着又问，"但是是谁——谁呢？"

"这正是瓦伊纳在调查的。"

"如果艾琳告诉警官昨晚都说了些什么，他肯定会认为凶手就是我们中的一个。"布伦达·安布罗斯说。

"我明白了——"莉迪亚说完，走向马克，拉住了他的胳膊，向菲莉达的卧室走去。

布伦达喊了声："怎么了！"

关上门，莉迪亚依然抓着马克。

"你怎么了？"

他盯着她。

"马克，怎么回事——你为什么这副样子？"

他不解："那你希望我怎样？他是被谋杀的，难道不是吗？"

"是的，亲爱的。但你不能让事情恶化下去，对吗？这对大家一点儿好处也没有。"

莉迪亚的声音从来没有如此温柔过。她伸出另一只手，轻抚着马克的手臂。

"这打击太可怕了，你必须冷静。听到了吗，马克——必须！他已经不在了，没法帮我们——我们都得靠你。这事早晚有一天都会发生，只不过挑在现在，发生得有些突然。你必须取代他的位置——完成他想做的事。知道吗？"

马克仍然表情凝重。

"你什么都不懂。"

“你这是什么意思，马克？”

他挣脱开，走向窗边，背对着她说：

“有一件事你说对了——现在重任落到了我的肩上。除此之外，我什么也做不了。我不能一走了之，我失去了机会，现在只能留下来。”

她缓缓走近，但没有再碰触他。

“你为什么要走？”

他沮丧地回答：

“现在我不能走了。我已经失去了机会，必须得留下了。”

房间很温暖，莉迪亚的手却是冰冷的。过了一会儿，她说：

“马克，你会怎么做——对于昨天晚餐发生的事？警官会问哪种问题？”

“我什么也没做。除了格雷斯阿姨，瓦伊纳还没有询问其他人。她不打算说任何事。我不清楚警官会如何给她施压。她的想法是大家都绝口不提。其实我认为不太实际。如果真的是场意外，那也没什么——询问了格雷斯阿姨和老霍尔顿他的身体状况后，一切就可以结束了。但如果弗里斯说这是一起谋杀，那么他们就会细究昨晚在这里发生的一切。我们在座的十个人都听到了他吃饭前说的那番话。艾琳就是其中一个。你认为有可能遮掩过去吗？有些事必定会被查出来。一旦事情败露，谁也不知道会怎么发展。”

至少他一直在说话，不再是令人窒息的沉默。她说：

“告诉大家，把这件事说开。艾略特说什么了吗？”

“我不知道——我没怎么听他们的谈话——我想他应该是赞

成让大家保持沉默吧。但那是在阿尔伯特告诉我们弗里斯的结论之前。”

“阿尔伯特？”

“是的，就在瓦伊纳要求见格雷斯阿姨那会儿，他过来和我们说了。然后我们就都出去了。我们不知道她是怎么和警官说的，也不知道他问了哪些问题。”

突然，莉迪亚脸上一阵灼烧。她一把抓住他的手臂，摇晃道：

“为什么要这么说？为什么要纠结在一堆谎言中？我们没什么好隐瞒的。”

“我们没有吗？”他十分忧郁。

“我们为什么不能实话实说？”

她抬头看着他的脸，他目光闪躲。

“你不知道原因吗？”马克有些激动，“你不记得他那该死的开场白了吗？他指控了我们其中的一个。这就是为什么——他指控了我们其中的一个——和他共度晚餐的十个人中的一个。而且他说会在书房等那个人去自首。好了，他等着等着，然后死了。你认为瓦伊纳警官不会怀疑凶手就在我们十个人中吗？”

她说：“我希望不会。”接着补充了句，“我认为说谎一点儿帮助也没有。”

他十分痛苦地说：

“但如果不这么做，就不可能侥幸逃过这一劫。唉，让我们回到‘诚实才是上策’，我已经尽我所能隐瞒了。回去就这么和他们说吧。”

第十八章
背叛者

艾琳忐忑地走进书房，瞥了一眼，尽可能坐得离书桌远远的。警官让她靠近些，她显然不愿意理会。警官坐在帕拉丁先生的位子上，之前从没人坐在那儿或使用过这张书桌。她简直能想象到他突然走进来，一脸怒火，吓他们一跳。这个想法让她瞬间背后一阵发凉，就像沿着伞棱滚下一滴滴水。她只希望这场谈话赶紧结束。

警官看着她，友好而礼貌。就像知道她在想什么一样，他开口道：

“我不会久留您的，安布罗斯夫人。我只是想要知道昨晚上发生了什么。”

“昨晚？”

“是的。这儿举办了新年前夕聚餐，对吗？您和您的丈夫、安布罗斯小姐还有彭宁顿小姐都来参加了？”

“哦，是的。”

“据我所知，晚餐应该是八点开始的，或迟了几分钟。您在餐厅待到了九点。九点半的时候，您和您的家人就回去了。为什么呢？”

艾琳眼睛一亮。

“啊，是的——我的小女儿不太舒服——我很担心她可能生病了，好在今天她已经好了。要知道，她的胸上长了个斑，霍尔顿医生说没什么，但斑点这事很难说的。尽管她温度正常，没有其他症状，但我还是很焦虑，就早早回去了。其实我根本就不想来，但我的丈夫很坚持。当然，要是我们中有谁没来的话，帕拉丁先生也会不开心的。”

瓦伊纳警官点了点头：“确实如此。所以，您是因为您小女儿的事才早早回去了。那晚餐期间有没有发生什么？”

艾琳的表情瞬间变了。之前谈论丽娜的那种兴致顿时消失了。她有些不安，用手摩挲着一小卷头发。

警官重复了一遍他的问题。

“晚餐期间发生了点什么，对吗？您想回去看您的女儿，这可以理解。但您的丈夫不会因此而离开。其间发生了点什么，对吗？”

想要艾琳从一个话题转向另一个话题从来不是一件容易的事。她只抓住了些无关的点。

“啊，但他没有介意，”她有些语无伦次，“是他自己的意思——我不想那么早离开的。是弗兰克建议的——真的。”

那卷头发怎么弄都没法遮盖住。她偏离了正题，把手放在膝盖上，认真乖巧地注视着警官。她现在不那么紧张了，他看起来很友善。艾琳甚至在想他多大年纪了，也许他也有像吉米和丽娜这么大的孙子孙女。要是有机会，她肯定要问问。他蓝色的眼睛真漂亮，真希望丽娜的眼睛也能这么蓝——

警官说：

“安布罗斯先生是因为用餐时发生了什么才想回家的吗？”

她又张大了嘴。弗兰克不会想要她承认的。她困惑地回答：

“啊——我不清楚——”

“是这样的，安布罗斯夫人，听起来，你们都不太愉快。我想安布罗斯先生认为最好是早点结束聚会。”

“啊，我不知道——”

他迅速接话：

“帕拉丁先生从餐厅直接来到了这里，而且再也没有现身。他没有去客厅，对吗？”

“没——他没有——”

“您一定觉得很难堪。”

“啊，是的！”

即使感到一丝胜利，他也没有表现出来。瓦伊纳向前靠近了一点，说：

“现在，安布罗斯夫人——我想知道您是否愿意告诉我这一切是如何打击到您的。每个人对同一件事会有不同的看法。如果您不介意的话，我很想让您用自己的话来描述一下昨晚发生的事。”

艾琳用她的方式思考了下，脑子里一片不协调的混乱印象。弗兰克肯定已经告诉警官昨晚的事了——肯定有人已经说了——如果不是弗兰克的话，他一定会很生气——矛盾的思维没法组合，她也没想要组合起来，就随波逐流吧。

她犹豫地说：

“啊，我不确定我能——”

“您能尝试下吗，安布罗斯夫人？就从头说起。一开始发生了什么？”

“这，我不知道——就这么发生了。他站起来，我们以为他要敬酒——至少我这么觉得——我不知道其他人怎么想的。但不是敬酒。”

“我知道了。现在，我想知道接下来发生的事您还记得多少。只要用您自己的话表述出来就行了。”

她茫然道：“哦，我不知道——”

“您的意思是您不记得了吗？”

“啊——我记得——”

“那么您是否能帮帮我？他是如何起头的？”

艾琳看起来有些疑惑。

“我想不起来了。他说，我们不会无聊——然后他说不会很愉快——接着他说我们都联系在一起，或因婚姻而联系，一个家应该聚在一起，还有所有的事——”

“接下来呢？”

“我不知道是否该说——我不认为——”

警官急切地打断：“恐怕我必须要您继续说下去。告诉我您还记得什么。”

“这，他用了一大堆长句子——我不记得了。我不知道——”

“拜托了，安布罗斯夫人——就说您记得的。”

穿着毛皮大衣，艾琳浑身颤抖。她觉得弗兰克肯定会很生气。她不知道该如何是好。如果不回答警官的问题，他们肯定会觉得她在隐瞒些什么。但她实在不想回答，因为接下来她说出来的话根本不是想对警察或者其他人重复的话。她结结巴巴地说：

“他说——有人——不忠诚。他说有人——背叛了——家族利益。他说是——我们中的一个——”

血流一下子涌了上来，瓦伊纳内心咆哮道：“天哪，他确实——天哪！”他低头看了一眼墨水垫，那儿放着一本皮质的日记本——口袋日记本的一种，明亮的蓝色，封面的角落印着金色的 1942。他盯着这个，是想把目光从安布罗斯夫人身上移走。不能吓着她——不能吓着她……他控制了一下情绪，尽量平和地问：

“他有说那个人是谁吗？”

“啊，没，他没有说。”

“您认为他知道是谁吗？”

“啊，是的——他是这么说的。”

“他说有人背叛了家族利益，而且他知道那个人是谁？”

“是的，他就是这么说的。”

他重新注视着她。

“您做得很好，安布罗斯夫人。那么他还说了什么？”

现在艾琳觉得有些愉快和兴奋。她做得很好——她被表扬了——这好像不像她想象得那么难。她有些沾沾自喜地说：

“太可怕了。我都不知道该往哪里看。我就坐在他旁边。这真的太可怕了。我们都觉得他肯定是疯了。”

“他看起来激动吗？”

“啊，没有。这正是可怕之处——他冷静极了。我不知道说那些话时，他是怎样的心情，但他确实说了。”

“您能继续告诉我，他还说了些什么吗？”

“就关于那种事的一些。他说会在书房待到十二点，如果有人要——自首，他就在那儿——呃，我记不清了，但——我想他的意思是不会严惩那个自首的人。我想，他应该是这个意思，但他确实说了些惩罚的话。”

“您能再想想他是怎么说的吗？”

艾琳看起来有些糊涂。

“不——我做不到。就是关于被惩罚的人的一些事。”

“知道了。聚会结束时，你们肯定都松了口气吧？”

“啊，是的！”

“您之后有再见过帕拉丁先生吗？”

“没有。”

“你们家任何人都没有去道别吗？”

“啊，没有。”

“你们是一起回去的吗？”

“嗯，是的。”

“您应该是九点四十五分的时候回家的。据您回忆，之后有人又出去了吗？”

艾琳的脸一下子红了，她睁大了眼睛，不由叫了声：“啊！”

瓦伊纳心想：天哪——我发现了什么！他紧紧盯着她，问：

“谁出去了？”

她有些慌乱，但还算适度。

“这个，因为丽娜——我的小女儿——我没法唤醒她。”

他有些奇怪。

“您为何要唤醒她？”

“这个，我没有，您知道的——并不是真的。我的意思是，当我回到家，看到她睡得很香，一开始很开心，然后——我和我妹妹聊了会儿，当我回去睡觉时，我又担心她是不是睡得太香了。”

“嗯？”

“我有些害怕。我妹妹根本就不了解孩子们。我想让我丈夫去看看她，但他只回了句‘胡说八道’。他觉得我太大惊小怪了。但当我抱起她时，她的头歪了下，又继续睡了，我很害怕，想要打电话给霍尔顿医生，但电话坏了——我都忘了。所以，我没办法打电话过去，只能亲自去找他——也不是很远——然后，我就去了。”

“您去找霍尔顿医生了？”

她看起来又有些困惑。

“这个，其实没有真的找到，因为当我赶到那儿时，他正开着车不知道要去哪儿。我在后面追着喊他，但他没有听见。”

“所以您就又回家了？”

“没有——没有马上回去。我想也许他不会去很久。我在那儿走了一会儿。我不太想去摁门铃，因为霍尔顿夫人总是说她带大了八个孩子，但从来不关心他们。”

瓦伊纳尽量不动声色地问：

“那您在那儿待了多久呢，安布罗斯夫人？”

“大概半小时。我又开始担心丽娜的状况，于是就回去了。我一路小跑回去，幸好她没什么大碍。”

“她还在睡吗？”

“嗯，是的。我的丈夫很生气。”

“他以为您丢了？”

“啊，是的。当我回家时，他还在找我。然后他就进来了，十分生气。”

“他是什么时候进来的？”

“我不清楚——肯定很晚了——我只记得那会儿很困了。”

“您的丈夫说他去哪儿了吗？”

“他说他到处找我。”

“他说去哪儿找了吗？”

“啊，没有。”

“他只是说，他到处找您了？”

艾琳的脸又红了。

“他很不友善。”她回答。

第十九章
推测

瓦伊纳警官坐在椅子上，隔着温暖的壁炉，对面坐着郡警察局局长——博斯托克上校。他是一个瘦小的男人，棕色的皮肤，脸上有些皱纹，明亮的眼睛闪烁着兴奋的光芒。他今年已经六十岁了，似乎很享受每时每刻。他是一个鳏夫，按理应该并非如此，但由于博斯托克夫人已经过世多年，再痛苦的回忆也被时间冲淡了。他有三个健康而快乐的女儿，如今都在为国服务，从来没让他操心过。其中有一个在海外，另外两个正好有七天的假期，回来探望他。

瓦伊纳刚用了谋杀这个词，就像一只机敏的小猎犬刚喊了句“老鼠”，博斯托克上校看着他，说：

“不要这么说！”

“不是我，长官——是弗里斯医生。霍尔顿医生也没有反驳他，尽管如果可能的话，他倒是很想反驳。当然，如果您问我的意见，我是站在弗里斯医生这边的。这是一起谋杀。他被人推了下去，而且推他的人应该知道他有站在栏杆那儿看风景的习惯。男管家说，他睡前都会去那儿，就像定时发条一样。”

“很好，但谁知道他几点睡觉呢？难道也是定时的？”

“啊，没有，长官。但昨晚，和他共进晚餐的十个人都听到他说，他会在书房待到十二点。他对其中一个人做了严厉的指控，然后去书房等那个人来向他认罪。这就是动机。现在还不清楚他指控之事的严重性。很可能是犯罪层面的。很显然，那番话强烈打击了这个家的人，毫无疑问，他们想避而不谈。您可以看看帕拉丁小姐的笔录——她否认了所有事。要不是和其他人串好了，她不会这么做的。不过他们万万没想到，在他们有机会告诉安布罗斯夫人应该怎么说之前，我先一步询问了她。”

博斯托克上校深吸了一口气。

“安布罗斯夫人？让我想想——她是艾琳，莉迪亚是红头发的那位，老彭宁顿的女儿们。她们的母亲也去世了。彭宁顿夫人很漂亮，跳起舞来就像天使一般。老彭宁顿这个家伙运气真好。可惜她的两个女儿长得一点儿也不像她。那位红头发的继承了彭宁顿的基因，红得就像个胡萝卜。她们和我女儿是校友。等等——她们中的一个好像发生过什么……不是莉迪亚——不是。如果是红头发的这个就不会这么吃惊了，谁能指望相信一个红头发的女人呢。不，是另一个，艾琳——那个姑娘看起来黄油含在她嘴里都不会化。”

瓦伊纳觉得是时候把警察长官的思绪从回忆里拉出来了。他尊敬而坚定地说：

“是的，长官。您看，安布罗斯夫人的笔录对其他人是一点儿好处也没有。当时她妹妹就在旁边，莉迪亚·彭宁顿小姐——我不得不说，她是位非常机智的年轻姑娘——她一眼就看出事情没那么简单。我把安布罗斯夫人的笔录说给她听，她承认所说的都是对的。只是她很努力地解释，帕拉丁先生说得并非很严重——她说她很敬重帕拉丁先生，但不得不承认他很严格，而且一向很古板，他希望家里的人都能按照他的指示去做事。”

“嗯，确实。所有人都清楚这一点。很能干的人——确实很能干。有些独裁，有些专政，这点没什么好怀疑的。”

“是的，长官——这是彭宁顿小姐想给我的印象。她做得很好。这是她的笔录。”

博斯托克上校翻了翻。

“是的——是的……确实如此。那接下来你询问了谁？”

“安布罗斯先生。他的笔录在这里。很短，直戳重点。他不爱多言。当我给他读他妻子的笔录时，他看起来很生气。他没有否认——说不明白他继父的意思，但他认为没什么深意——他说帕拉丁先生工作过度，可能对一些不太重要的事情过分在意了。我问他回家后是否有再出门，他说是的，他出去找他的妻子。当我问他怎么知道去哪里找她时，他说他不确定，但她有可能去医生家了，因为她总是过分担心孩子，而电话正好出了故障。这解释听起来有点单薄，先生。”

博斯托克上校说：“哦，我不清楚。”接着，忽然恍然大悟道，“天哪，你认为——安布罗斯一路跋涉返回怡水别墅，然后把老帕拉丁先生推了下去？”

瓦伊纳迅速抬起头。

“长官，您说的一路跋涉回来——其实并不远。”

“开车要花一刻钟。”

“是的，长官——开车的话得绕道。但如果沿着步行桥和河边小路走，只要六七分钟。”

博斯托克上校吹了声长口哨。

“步行桥！除此之外没别的了！安布罗斯家就在梅多克罗夫特。走步行桥就很近了。他有说出去了多久，或什么时候回来没？”

“他没有说——他没有看手表。长官，这听起来也不太正常，因为如果一个男人在等他的妻子，特别是当他有点生气的时候，肯定会一直不停地看手表的——我的经验。”

“可能没有发光的表盘，”博斯托克上校合理推测道，“你忘了停电了。”

“月光很亮，长官，直到午夜前一刻。”

“嗯！让我们再看看接下去说了什么。简短而精练。感谢上帝。”他扫了一眼笔录，然后又放下。“瓦伊纳，你得知道，事情很可能像他所说的那样。那个艾琳——安布罗斯夫人——她给你的印象如何？她是，就像她所说的那样，会在大半夜急急忙忙跑去找老霍尔顿的那种人吗？这点很关键。”

瓦伊纳笑了下。

“是的，长官——她是的。”

“没什么头脑？我女儿在家的时候，她曾经来过，自从她结婚后，我就没怎么见过她了。彭宁顿一家都很和善。但那个叫艾琳的姑娘有些问题——等我女儿回来我得问问。所以，你认为她有点蠢？”

警官眼里还残存了些笑意。

“是的，长官。”

“好的——就是这么回事。如果一个女人看起来蠢，可能是真蠢。做任何事也不奇怪。”

警官不打算再说安布罗斯夫人了。

“是的，长官。询问完安布罗斯先生之后，我又询问了其他四个男人——马克·帕拉丁先生、理查德·帕拉丁先生、皮尔逊先生和弗雷先生。他们对安布罗斯的笔录没什么补充。您可以看一下，措辞有些许不同，其他就没什么了。毫无疑问，安布罗斯夫人很公正地描述了所发生的事。我没有读她的笔录给他们听，在他们进来前，也没有机会见安布罗斯夫妇——当然，一次一个人。所以，他们不可能知道她说了些什么。我只是分别告诉他们，安布罗斯夫妇都提到昨天晚餐时发生了难堪的事。我说明了事件的性质，然后请他们用自己的话描述发生的事。没有一个人愿意谈及此事，但谁也不想拒绝。他们尽可能地删减了，没什么帮助，您也看到了，没什么实质内容。我认为他们没有撒谎，但也不想说他们没必要说的事。”

“确实——确实。这个家处境困难。”

瓦伊纳一脸严肃道：

“是的，长官——特别是如果他们其中一个把帕拉丁先生推下了栏杆的话。”

博斯托克上校一脸震惊。

“上帝保佑，瓦伊纳——这样说太可怕了！”

“是的，长官。但在我看来，就是如此。说回那些笔录——如果您能快速浏览一下，会发现马克·帕拉丁先生和艾略特·弗雷先生对此说得最少——尽可能地删减了。理查德先生说了挺多——一直在试图解释。至于皮尔逊先生——很谨慎。”

“等等，让我们理一理这些人。马克和理查德是侄子。那个又黑又高的是？”

“马克，长官。”

“对，有人和我提过。想加入空军，但他家里人不让。在研究部门——走不了。另一个——我女儿认识。很有活力——有点娘娘腔，一直在追求莉迪亚·彭宁顿。”

“是的，长官。”

“艾略特·弗雷——他是和养女结婚的——叫什么来着——菲莉达。蜜月还没结束婚姻就破裂了。真稀奇。不错的小伙子——漂亮的姑娘。真搞不懂年轻人在想些什么。要是有人从中作梗，那也不足为奇，比如格雷斯·帕拉丁。老处女的女儿——我总觉得哪里有些蹊跷。可惜她没嫁给鲍勃·莫法特，不然就有半打子女了。搞不懂她为什么不嫁。一般人在他身边待上一分钟，就会想订婚的——皆大欢喜。看看后来事情闹得，所有事都崩了，家庭分裂、与商业伙伴发生这该死的尴尬事。”

瓦伊纳附和：“是的，长官。”

博斯托克上校拿起阿尔伯特·皮尔逊的笔录，瞄了一眼，问：“皮尔逊是谁？他怎么会来的？”

“是秘书，长官。也算是远亲。”

博斯托克上校揩了下前额。

“皮尔逊——皮尔逊——对，他是米莉·帕拉丁的儿子。米莉又高又壮。算某种远房表亲，经常住帕拉丁家里。和老皮尔逊那个珠宝商的儿子私奔了——闹了不少闲言碎语呢。老皮尔逊和他们脱离了关系，帕拉丁家也是。顽固的姑娘——非常。找了份工作——过了几年就去世了，我还以为这个男孩儿继承了他父亲的生意……，说到这儿，让我想想，不久前谁刚好在谈论米莉·帕拉丁来着？坎皮恩——不，不会是坎皮恩。霍尔顿夫人？可能是霍尔顿夫人。嗯，肯定是她！她说从来没见过皮尔逊这么好的儿子——值得表扬的小伙子——工作努力、有上进心——品行端正的学徒——上夜校——语言、打字、速记，诸如此类。母亲一两年前去世了。就是他！”

他满意地笑了下，注意力又回到阿尔伯特·皮尔逊有所保留的笔录中。

“您看，长官，”瓦伊纳说，“在帕拉丁先生回到书房后，皮尔逊确实又见过他。他先是和其他人一起待在大厅，后来安布罗斯一家第一个走了，然后是两位帕拉丁先生。他回到大厅和剩下的人道了别，然后去书房询问帕拉丁先生是否还有事吩咐。他看到男管家在那里放了一盘饮料。莱恩也证实了。皮尔逊说，帕拉丁先生先是说没别的事了，但当他跟着男管家走出房间的时候又把他叫了回来，让他稍微改动一下晚上早些时候提到的那封信，不过没有久留他。当他回房时，突然想到，正如他所述，他的处境很容易引起误会。他在那儿站了会儿，觉得最好在帕拉丁在书房等别人自首的那段时间里，找个人一起待着。正当他准备回大厅时，看到艾略特・弗雷先生从大厅那儿过来了。帕拉丁先生的房间在一楼——卧室、浴室、书房，还有他过世妻子的房间，现在已经不住人了。皮尔逊先生沿着走廊经过这些房间，站在离他自己卧室不远处的后楼梯那儿。他看到弗雷先生进了书房，于是打定主意在那儿等。不出两分钟，弗雷先生就出来了。皮尔逊坦率地说想和弗雷先生一起待到十二点。然后他们就一起去了弗雷先生的房间，正好穿过皮尔逊房间的走廊，他们俩在房间里一直待到十一点半，然后下楼去餐厅喝了杯酒。等他们再回去时，已经十二点零八分了。弗雷先生洗了个澡，皮尔逊则直接上床睡觉了。他们的笔录相互印证，可以排除他俩谋杀的嫌疑。因为帕拉丁先生是在十二点时死亡的。这点无可非议。就在那时，开始下大雨了。这个我自己可以担保。我们当时坐着等跨年，正在收听无线广播。当十二点的钟声敲响最后一下时，可以听到雨点敲打窗户的声音，就是那会儿开始下雨的。我刚让狗进来，雨就停了。帕拉丁先生尸体下是干的。所以可以得出，长官——他正是在十二点钟声敲响最后一下时死的。”

博斯托克上校脸上的皱纹加深了。

“听你说，就像是该死的侦探小说一样。谁告诉你弗雷和皮尔逊上楼的时候是十二点零八分的？”

“他们两个都是这么说的，长官。”

这位警察局局长哼了一声。

“他们倒是挺关注的。年轻人进屋子时通常都不会看表的。”

“长官，那会儿是新年前夕。皮尔逊实话实说，他想和自首有关的事撇清关系——他直说其他人会怀疑他就是那个罪人。”

“他是什么意思——自首，还是谋杀？”

瓦伊纳冷冷地说：“两者皆有。”接着又说，“我不会说他错了。正如您刚刚说的，他是这个家最边缘化的人。但弗雷先生替他证明了时间——他说他们分开的时候正是十二点过了八分钟。”

博斯托克上校又想到一种可能性：“嗯！钟会不会坏了呢？”

“关于这个，长官，帕拉丁先生对此非常挑剔——他习惯每周都请人来给钟上发条并调整，要是没人手，他就自己动手。男管家说，即使有半分钟的误差，他都会勃然大怒。我刚刚亲自检查过，所有的钟都是一个时间，分毫不差。”

“好的，那我们继续。侄子呢？让我们看看——他们也很早就离开了，对吗？”

“是的，先生——大概九点四十五分的时候。”

“一起走的吗？”

“是的，长官——骑车回去的。马克先生在新街区有套公寓，伯尔顿大厦那儿，像您一样回城了。他说就停在那儿。理查德先生住得再远些，在伦诺克斯街区。他们两个都表示离开前没有去和帕拉丁先生道别。理查德先生说回去后没有再出来过。马克先生说他散了会儿步。事实上，桥上执勤的警察刚好碰到他了。下雨那会儿月光很亮，执勤警察说看到马克先生经过，往怡水别墅那个方向去的。时间大概是十点二十分——在见到他的那几分钟，他有看过时间。我搜集到的就只是这些，所以没有证据证明凶手是马克先生。对他两个侄子的调查就到这儿。然后是弗雷夫妇。弗雷先生是因公事在那儿的。他和他妻子的房间分别在房子的两侧。”

博斯托克上校点了点头。

“婚姻破裂，真可惜。他能待在那儿也是稀奇。尴尬——非常。”

“长官，他说有要事处理，帕拉丁先生坚持要他留下。政府事务，得理解——机密。”

博斯托克上校又点了点头。

“是的，是的——他和卡多根共事。投弹瞄准器——类似这些东西。据说是非常有能力的小伙子。”

“是的，长官。他没有提供太多线索——只提到他去看了帕拉丁先生后就道了别。然后为皮尔逊做了证。但弗雷夫人——她承认在其他人睡觉后，去找帕拉丁先生谈了一会儿。”

“什么？”

“我倒不认为这有什么隐情，长官。其实她本可以不用告诉我。我只是例行问她是否再见过帕拉丁先生，她立马回答见过——她说回房后，想到有些事情想和帕拉丁先生讨论一下，所以就下楼和他交谈了会儿。交谈持续了大概二十分钟。谈话内容不涉及晚餐时的那番指控。除此之外，她没有再多说什么。但给我的感觉是，她并不想以这种方式和她丈夫见面——男管家说没人想到他会来——这让她心烦意乱，于是想和她叔叔聊聊这件事。”

“没什么疑点。”

“是的，长官，我也是这么想的——当然，谁也无法保证。我让曼纳斯和科顿去给员工录笔录了。莱恩是我亲自询问的——他的笔录在这儿。是他发现了尸体。这是他的妻子——她是个厨子，莱恩夫人——路易莎·霍姆，女佣——她在这儿干了十五年——有两个女儿，波莉·帕森斯，帮忙打扫房间；格拉迪斯·哈金斯，在厨房帮忙。我不得不说，她们对此都毫不知情。霍姆小姐和莱恩晚餐时一直候着，没有靠近过书房。其他人也与此无关。她们的房间都在厨房那一侧，对着餐厅。房间的窗户都不能通往阳台。唯一能从窗外看到阳台的是位于屋子末端的弗雷先生的房间，差不多越过书房，另一端是弗雷夫人的房间。帕拉丁先生摔下去的时候，弗雷先生应该是在餐厅。弗雷夫人则说她从梦中惊醒，好像听到有人哭喊的声音。她也无法确定，因为前一秒还在做梦。她醒过来时感觉听到了些什么。她开灯看了时间，刚过了十二点。我认为她听到的很有可能就是帕拉丁先生摔下去时发出的叫声。”

博斯托克上校做了个鬼脸。

“上帝啊，瓦伊纳，一个女孩儿睡梦中听到的声音可算不上证据！”

“不是这样，长官，是综合除了布伦达·安布罗斯小姐以外所有的笔录得出的。她是我最后一个询问的，没指望从她那儿得到什么线索，我也不确定算不算得上有所发现。”

博斯托克上校竖起了耳朵。

“什么情况？”

“长官，您可以看看她的笔录，但除此之外，她还给了更多额外的讯息。每次提到她嫂子，安布罗斯夫人时的形态——在我看来，都很不屑。”

博斯托克上校吹了下口哨。他翻了翻布伦达·安布罗斯的笔录，很快地过了遍。

“除了不停地说‘嗯’外，没别的。”

“您发现了，长官。”

博斯托克上校又轻轻地吹了下口哨。

“这样看来，艾琳这个姑娘有些问题——”他说。

第二十章
偶遇

莫德·希娃小姐正在买东西。即使是在战争时期，礼券紧张，但也不能冻着孩子们。她打算给她侄女埃塞尔家最小的孩子织套毛衫和裤袜，孩子下个月就满三岁了。埃塞尔有两张礼券，但远远不够，她得补上些自己春季的份额。这倒并不碍事——去年夏天做的裙子很好，裤袜也够穿了。当然，如果是姑娘们喜爱的那些极薄丝袜，只需看一眼，就觉得没法再穿第二次了。她自己的长筒袜与众不同——冬天的是带菱形花色的灰色羊毛，保暖舒适；夏天的则很好地衬托了腿部线条，更耐穿。

搞定了礼券的事，接下来只需挑选最合适的羊毛。伯尔顿有好几家不错的商店，能和伦敦的媲美。霍恩比家的就很好，当然在这个节骨眼，选择羊毛上也不能太挑剔了。

羊毛柜台的售货员十五岁左右，她给希娃小姐拿了三种，一种深灰色，一种鲜艳的洋红色，还有一种是明亮的翠绿色。希娃小姐对这三种颜色都不太满意，只能想想有没有什么能替代羊毛——要厚实点、全棉的，颜色则要讨喜些。要满足这些条件不是件容易的事，她犹豫不决。眼看严冬就要来了，当务之急是保暖，但那翠绿色也太亮眼了——真刺眼。要三岁小孩穿深灰色——啊，天哪，不行！

她站在柜台前，很少这么踌躇，这时从卖围巾那一侧传来一些私语。声音被极力压着，几近耳语。

“太震惊了！帕拉丁先生啊！”一个声音说。

另一个声音略高些，带着疑惑，口齿不清地回道：

“据说是谋杀。”

“不可能吧！”

“他们说是的。”

“啊，不会吧！”

“是的，亲爱的，柯廷夫人——你认识的吧，她是为我工作的——”

“嗯？”

“她的侄女格拉迪斯是帕拉丁家的厨房女佣，她说所有人都确定，要是没人推他，他就不会摔下去。”

“嘘！”

“我只是把她说的话复述给你听——当然，人家总喜欢说闲话——”

“是的。真是太可怕了。”

“对吧？嘘！莉迪亚·彭宁顿朝这边来了。”

希娃小姐突然决定了，小罗杰应该有一件带领子的深灰色外套，袖口和领带可以点缀些绿色。她很快下了单，把卡片递过去，剪下礼券，转过头看了看长度。

莉迪亚·彭宁顿缓缓走来。她穿着深灰色的外套和裙子，刚买的那顶黑色毡帽压得低低的，很好地遮住了一头红色卷发，在她娇小苍白的脸上投下一道阴影。她的双颊没什么血色，为了体现端庄，嘴唇也没有上妆。希娃小姐只见过她一次，要不是刚刚听到的那番闲言碎语，怕是很难认出她来。

另一方面，不管在哪里，莉迪亚倒是都能认出莫德·希娃小姐。黑色的布夹克和上了年纪的皮草，整洁而寒酸；帽子上有一串紫色的雏菊；灰褐色的头发梳得规规矩矩；个性低调，整个人散发出一种温和而沉着的气息——不知怎的，看过一次就能留下深刻的印象。

希娃小姐听到有人在喊她，手被摇晃了下。

“希娃小姐！您记得我吗？不，您当然不会记得。但我一个月前见过您。当时您和劳拉·德斯伯勒在一起，她介绍了我们认识。她是我朋友，我是莉迪亚·彭宁顿。”

希娃小姐干咳了下。

“我当然记得您，彭宁顿小姐。”

莉迪亚很快接话道：“您在这儿做什么呢？”她的思绪跳转得很快，脸色红润起来。

希娃小姐很礼貌地回答：

“我在买羊毛。”

莉迪亚脸色越发红润，她压低了声音。

“我不是指这个。我的意思是，您是在办案吗？”

希娃小姐全神贯注地看着她。

“啊，不是。我和我侄女她们待在一起，伯克特夫人。她丈夫被调到了伯尔顿分行。他本来去参军了，但你也知道他不够强壮，所以又被送了回来，埃塞尔开心极了。他们夫妻很恩爱，生了三个孩子，都是男孩儿。他们很热情，邀请我一起共度圣诞，但我那会儿没什么时间，所以就趁新年过来了。”

说话时，希娃小姐一直注意观察彭宁顿小姐的神色和举止，并不在意其他人的目光。因此，当莉迪亚问话的时候，她并没有很吃惊。

“希娃小姐——我能问问您——可以吗？”

“旁边有家不错的茶室，我们可以去喝一杯。”

“我不知道——我觉得不太妥——太多人认识我了。我只是进来买顶黑色帽子，审讯和葬礼时得用。您住在哪儿呢？能和您一起走一段吗？”

希娃小姐咳了下。

“可以——当然可以。我侄女在伯尔顿大厦有个公寓。”

“什么！”

“公寓很新也很便利——一楼是厨房，设计得很合理。但因为有孩子，我侄女大部分时间还是在楼上做饭，那儿的厨房很先进。

也许您听说过那个公寓？”

“我有熟人也住那儿。”

“那么我先付一下钱，然后我们可以一起往公寓方向走。”希娃小姐说。

第二十一章
求真

扫码听本章节
英文原版朗读音频

约莫一小时后，莉迪亚到了伯克特夫人的公寓，位于伯尔顿大厦 12 号。她在楼梯平台那儿站了会儿。她可以乘电梯，也可以走楼梯，不过她对前者并不感冒。越过电梯门，她向 12A 的门张望，真巧，希娃小姐的侄女和马克・帕拉丁的公寓就隔了个平台。马克会不会在家呢？正想着，不知不觉她已经站在了马克家门口，按了下门铃。与其揣测，不如这样更直接、更省时。他们可以无人打扰地畅所欲言，而且他可以顺便带她回怡水别墅。恰当的理由，合情合理。不过这都是后话，当她穿过楼梯平台按门铃的时候，可没想这么多。

清脆的铃声孤独地回荡在公寓里。他肯定不在家。怎么会在呢？现在已经快五点了。他估计在和格雷斯・帕拉丁还有菲莉达喝茶——艾略特和阿尔伯特差不多被孤立了。也有可能他在会见律师、殡葬员或警察。

她越想越沮丧，就在这时，门哗的一下开了，马克瞪着眼睛。真希望不是因为她的突然来访而怒气冲冲。很快她就得到了确认，“我还以为又是该死的记者。”莉迪亚立马恢复了昔日的冷静。

“谢谢，亲爱的——真高兴我不是。你看起来杀气腾腾的。我能进来吗？”

他让开了一条道。

“为什么这么说？”

“我说什么了？”

他的嗓音有点粗重：“杀气腾腾。”

莉迪亚有些不适。天哪，他对自己都做了什么？他干什么了，看起来、说起话来变成了这副模样？她砰的一声关上门，倚着门，生气地说：

“别像个傻瓜一样！”

他们站着，怒目而视，直到他摇了摇头，尴尬地笑了下，往房间走去。

“是的——就是这样。你还想进来吗？”

“是的，我想。”

她经过他身旁。客厅有些凌乱但还算舒适——棕色的皮椅和窗帘，地毯有些破旧，内衬书籍的墙壁，一张写字桌，一个电子炉。她坐在椅子扶手上。

“别说了！”她缓和了下语气，“亲爱的，我倒是不介意和你拌嘴，但我们没这时间。我想和你聊一下。你介不介意坐下来？我可不想和对我皱眉的人说话。你现在离我大约有一英里那么远，就像打长途电话一样。”

他不情愿地一屁股坐在对面的椅子扶手上。

“你想要说什么？你该知道，我很忙的。我回来拿一些文件。”

“好的，我不会耽误你太久。要是你不愿意的话，我走便是了。”

“说吧——什么事？”

他想让她和他一道去面对抵抗她的东西。他希望她能经得住那些反抗的情绪风暴。在他内心深处，有个声音一直在回响，她喊他——傻瓜——该死的傻瓜。

她说得平静而严肃。

“马克——你在听吗？我想和你聊聊，但前提是你想听——不是用耳朵，而是用心听。”

他看了她一眼，点了点头，随即目光又移向了别处。

“好的。”

“你看，在梅多克罗夫特或怡水别墅，总有人进进出出。不可能像现在这样。我想和你聊聊。”

“好的，说吧。”

她没有再看着他，只是盯着青铜色的框架里两道明亮的炉火。

“马克，这件事真令人毛骨悚然。警察认为是我们中的一个。”

“你才刚想到这一点吗？”

“不，当然不是。但我看不出有什么解决办法。”

“我也没有。所以呢？”

“我们需要有人来帮帮忙。”

“你的意思是？”

她抬头看着他，明亮得如同星辰。

“有人可以拯救我们——此刻，此地。她的名字是莫德·希娃，是位女侦探。我是从劳拉·德斯伯勒那儿听说她的。你可能不知道她，但我想你应该还记得中式披肩案——正是她侦破的。还有去年秋天，发生在凡德勒别墅的谋杀案，当时那个女人被抓——她叫什么来着——对，辛普森。警察追查了她很多年都毫无头绪，也是她给侦破的。她非常了不起，而现在，她就和她侄女——伯克特夫人住在这座大厦的 12 号。”

马克的目光如她一般急切，但却透露着深沉和痛苦。

“你希望这位了不起的天才做什么呢——在我们之外找个替罪羊吗？”

莉迪亚说：“不是要找替罪羊——是找出真相。”

“不管这个真相是什么？”

“不管这个真相是什么。难道你不想知道吗？”

“我——不——知道。”

她双手合在了一起。

“马克，我们必须知道！要是我们一直被蒙在鼓里，还怎么继续生活？这件事必须查清楚，否则怎么继续——我们所有人都有嫌疑——每个人都在怀疑别人——又担心别人会怀疑自己——无法正常生活——不敢开口说话。看看你——看看我！用别人的话说，一切都化为乌有了。我可以咬着舌头说这些，要是可以的话，我会给你一记耳光，只要你能振作起来。难道我们之间的隔阂要越来越深，很多话都得避讳谈论吗？难道我们得像热锅上的蚂蚁团团转吗？要我说，管他是谁，只要能搞清楚。”

马克站了起来，走到书架旁，抚摸着面前的书。

“管他是谁？”他无精打采地说，“我不知道。话虽如此，可是一旦涉及实质情景，把所有人过一遍，思考是他们中的谁——我不知道。说这是谋杀——说有人把他推了下去——说警察查出，或你口中的希娃小姐找出谁是凶手——会是谁呢？格雷斯阿姨？弗兰克·安布罗斯？布伦达？艾琳？你？我？迪基？阿尔伯特·皮尔逊？艾略特？菲莉达？这些人里面其中一个居然是凶手。然后你说，让我们找出来——管他是谁。好啊，警察查出来了——你口中的希娃小姐发现了——然后凶手被绞死了。”他转过身，激动地大步向她走来，“十个人中有一个被绞死了——格雷斯阿姨——弗兰克——布伦达——艾琳——你——我——迪基——阿尔伯特——艾略特——菲莉达。会是哪个？”

莉迪亚也站了起来。她面色苍白，但目光依旧坚定。

“这正是我想知道的。”

“难道你没有私心吗？当然，如果可以的话，我们都希望是阿尔伯特，毕竟我们从没对他有过好感。但不能因为一个人无聊，就希望他被绞死吧。况且，阿尔伯特和艾略特是唯一有不在场证明的人。如果你问我警察会怀疑谁的话，我告诉你——我。”

“他们怎么会？”她的声音和她表情一般镇定。

他苦笑道：“因为我后来出去过。”

“为什么？”

“还能是为什么？”

“我猜不到，马克。”

“你还不够聪明，亲爱的。你还不能根据事实推理。但警察可以，他们很在行。他们会说，我是回去找詹姆斯叔叔自首去的。如果抓住这点，就等于说，我把他推了下去。”

她顿了会儿，问道：

“他们知道你回去吗？”

他的肩膀猝然一动。

“他们会知道的。今天下午警察局局长和瓦伊纳在一起。我告诉他们我出去走了走。总之有点事，而那会儿，好巧不巧，在桥上碰到了执勤的警察。他认识我。我经过的时候，他还和我说了声晚安。他们确信我是回怡水别墅去的。”

“你确实去了？”

“是的，我去了。”

“为什么？”

“哼，当然是谋杀詹姆斯叔叔——还能是什么？”

她抓住他的胳膊猛烈摇晃着。

“马克，别犯傻！这太危险了。你不知道事态的严重吗？”

他挣脱了她，转身走到屋子的角落，站了会儿，又折了回来。

她急切地说：

“把希娃小姐叫来吧。我们需要帮助——我们没办法自己掌控。马克，你会听我的吗？”

“嗯，是的。”

“其他事怎么样了？你是遗嘱执行者吗？”

“是的，我和罗伯特·莫法特。”

“那么房子呢，谁拿到了房子？”

“是我——房子、他公司的职位，还有那堆该死的钱。全是警察想要的动机。”

“胡说八道！”莉迪亚有种恨铁不成钢的感觉，“这就是我想知道的。你看，如果是你继承房子，而且也是遗嘱执行者，那喊希娃小姐来就无可厚非了。你可以说她是你的一个秘书，没人会怀疑的。”

“我不想和家里人玩什么把戏——这只会成为仆人们茶余饭后的谈资。她看起来怎么样？”

莉迪亚顿时放松了些。他开始妥协了，强硬而固执的脾气被压制了。奇怪的是，此刻她不由得颤抖起来。她笑了下说：

“她就像家庭教师。”

第二十二章
希娃小姐

希娃小姐一本正经地坐在书桌旁，前面的吸墨垫上放着一本亮绿色封面的练习本。马克和她面对面坐着，莉迪亚则舒服地躺在后面的椅子上看着他们。帕拉丁家的关系族谱被写在本子上，同时还标明了一些现有的实情。新年前夜聚会的环境和帕拉丁先生的死被着重重复了几次。

马克突然说：

“麻烦您了。我想应该等着和家里其他人一起来讨论这件事。他们可能感觉不到——”

希娃小姐咳了下，打断了马克。

“您不用表态，帕拉丁先生——我完全能理解。我自然也不会把您和我说的泄露出去。同时，我觉得有必要向您说明，对任何一个家庭成员进行调查都将遭遇阻力，这是不容忽视的事实。”

他向后一仰，皱着眉头。

“他们不一定是罪犯或杀人犯，不过是不想被陌生人盘问罢了。”

希娃小姐宽容地笑了笑。

“确实，帕拉丁先生。本来失去至亲就够糟心了，况且可能还涉及谋杀，但这恐怕无法避免。我将尽我所能详述您的话，并不是有隐瞒之事者就是罪犯。关于这件事，其中一个复杂之处在于，很多人都会暗藏些想法、愿望或行动，即使对挚友也不愿揭示。但被警察询问时，不得不把隐私公之于众，打个不那么恰当的比方，这简直和审判日无异。”

马克喃喃着：“是的，确实如此。”

他有些惊奇。和眼前这位不起眼的女士待了不过二十分钟，她既没有说什么，也没有做什么，却让他莫名地松了口气。这种感觉还得追溯到他孩提时代。老南娜是他父母去世前那段暗淡时光的精神支柱——希娃小姐身上的某些特质唤醒了这些回忆。她身上有传统的礼仪，由于不容置疑而不需要自我主张的权威——正是看清了这些东西，让他不由自主地想去依靠。希娃小姐体贴而洞悉一切的一瞥瞬间带他穿越回模糊的过往。“最不礼貌的不是站在那儿对我撒谎，马克先生。我无法找到答案，您也没有任何裨益。”

她的话很有成效，温柔地安慰了他。好像那时他从噩梦中惊醒，浑身湿透，南娜点着蜡烛，轻声呼唤：“来吧，来吧——怎么了？”

他抬起头，看着她的眼睛，内心的不安消失殆尽。希娃小姐看到了之前在很多人眼里看到的——他们迫切渴望帮助。她微微一笑，就像对一个焦虑的小孩子一般，柔声说：

“帕拉丁先生，今天就到这儿吧。您可以回去和家里其他人商量下，如果需要的话，我会到怡水别墅那儿去，尽我所能帮助您。”

他急切地回答：

“没那个必要，我来承担责任。我想让您接手这个案子，现在请您和我们一道去怡水别墅吧。”

她神情严肃。

“您确定吗？”

他热切地点点头。

“是的，我确定。我希望您能过来。莉迪亚是对的——我们应该要搞清楚。在这个屋子里，有人比警察更适合——我看得出来。”

希娃小姐咳了下。

“您必须理解，帕拉丁先生，我是私人侦探，警察不允许的事情，我都不能参加。我能问一下现在是谁在负责这个案子吗？”

“瓦伊纳警官。”

希娃小姐浮现出感兴趣的表情。

“是吗？我听我之前的学生——兰道尔·马奇提起过他，兰道尔现在是列克星敦市的一名警官。他说瓦伊纳很能干。”

她站起来，就像老师下课那样。

“那么，很好。我回去收拾一下。”

第二十三章
入住怡水别墅

“你领了个侦探到这儿——这儿？”帕拉丁小姐脸色发白，虽然极力控制着自己，但眼里还是冒着怒火，声音尖锐。

马克站在她客厅门那儿，打量着屋子里的家人，语气坚定地说：“是的。”

除了阿尔伯特·皮尔逊，其他人都在盯着马克：弗兰克·安布罗斯眉头紧锁；布伦达脸色比平时还要苍白，瞪大了双眼；艾琳张大了嘴巴；菲莉达一脸惊恐；迪基噘着嘴，吹了个无声的口哨；艾略特脸色阴沉；格雷斯·帕拉丁怒气腾腾，这表情他之前见过一两次，但当时都不是针对他。只有莉迪亚，给予了鼓励支持。她看着他的眼睛，相视一笑，随即又移开。她想：这将是一场大混战。加油啊，可怜的马克！

大家都呆立着。格雷斯·帕拉丁开口了：

“真搞不懂你脑子里在想些什么。请你立刻把那个男人请走！”

马克依然站在门口。

“不。”他冷静地说，“是位女士，格雷斯阿姨，那是希娃小姐。”

她怒气丝毫未减，又说了一遍：

“请你立刻把那个女人请走！”

“恕难从命。惹您生气，我深感抱歉，但我已经打定了主意。虽然大家都不愿意承认，但这确实是谋杀案。在我看来，唯一有理由反对的只有凶手本人。我并非是指我们其中一个。尽管警察一口咬定，但我希望是搞错了。把希娃小姐请来是因为我认为这是我们得知真相的最佳方式，我们必须弄清真相。此刻，在场所有人都有嫌疑。我们自己没法搞清楚，当局者迷——只有旁观者清。警察会怀疑每一个没有不在场证明的人。他们挖地三尺，直到找出动机。希娃小姐刚刚说，谋杀案的问讯就像是审判日一样。她说得完全正确。大部分人都有不可告人的秘密。这没什么好处——我们什么也藏不住。真该死，但更糟糕的是，所有人都在怀疑别人，所有人也都在被别人怀疑。我们必须找出凶手，越快越好。”

屋里一片死寂，最后艾琳的一声啼哭打破了沉默：“你怎么——你怎么能说这样的话？”马克冷冰冰地抛出几个字：

“所有人都会这么说。”

格雷斯·帕拉丁冷淡而愤怒：

“看来你已经准备好控告谋杀了，马克。不如说说你怀疑谁好了。”

他挺直了身子，转身看着她，露出一丝苦涩。

“我想警察很可能怀疑我。”

这次，迪基吹响了个口哨。弗兰克·安布罗斯疑惑道：

“为什么？”

“哦，关于这个，我也不会提供对我自己不利的证据，难道不是吗？”

“警察会想知道遗嘱的内容。你知道吗？”

“你呢？”

“不知道。”弗兰克·安布罗斯回答得很干脆，停了一下，又继续说，“我想你应该知道。而且从你接手的方式来说，我想应该对你很有利。”

“这是警察会怀疑我的一个原因。”

弗兰克继续固执地问：

“你知道自己的立场吗？我想我们其他人都应该知道。”

“这儿，现在？”

“我想我们有必要知道你所知道的一切。我并不在意你是怎么知道的。”

马克说：“弗兰克，你这话很无礼。”随后，他漫不经心地说，“他给我看过草稿。我记不全了。菲莉达分到了五千——他很喜欢她。迪基拿十分之一，和克罗斯利平分。克拉拉阿姨的钻石由我和迪基继承——三分之二给我，三分之一给他。除去遗产税，阿尔伯特分到一千英镑。你和布伦达每人分到两千，他说在你们俩成年的时候就已经预备好了。我能记得的就这些。”

弗兰克沉重地看着他。

“那剩下的谁继承？”

“我。我是剩余遗产继承人。”

“包括房子？”

马克点了点头。

“是的。现在你该知道警察为什么会怀疑我了。让我们回到希娃小姐这个话题。她成功地处理了很多起别的案件。她人很好相处——一点儿也不强势。我请求你们能尽可能为她提供方便。我能理解你们的想法。格雷斯阿姨，很抱歉，但您肯定和我们任何一个一样想搞清楚这件事吧。就像我之前说的，只会有一个人不想搞清楚。我想没人愿意被扣上这顶帽子，所以我想你们都会尽力帮忙的。”

没人回应。

沉默持续了很久。当确定没人会回应后，马克转身走出了房间，差点儿在门口撞到阿尔伯特。勉强避免了碰撞，阿尔伯特向帕拉丁小姐走去。

“莫法特先生在下面。他问您是否愿意见他。”

第二十四章
旧情人

格雷斯·帕拉丁安静地等着罗伯特·莫法特。她往火炉那儿靠近了些，面向他会进来的那扇门。差不多有三十年没有和他共处一室了吧——自从那次短暂的交谈，她告诉他，她认识嘉莉·林托特，然后把戒指还给了他。经过了这么多年，她依然记得，当时满脸泪痕的是他，而不是她。那时离他们的婚礼还有一个月。她的婚纱挂在菲莉达的房间，用床单尘封着。她的花环和面纱静静地躺在高脚橱柜顶层的长抽屉里。那次交谈，罗伯特·莫法特倾注了所有情感。他跪了下来，紧紧抓住她的裙子。他卑躬屈膝，深深忏悔。他一再恳求，极力辩解。帕拉丁小姐直到现在还记得当时的一点一滴，在过去的三十年里，每见他一次，就想起一次。

住在同一个地方，大家抬头不见低头见的。罗伯特·莫法特

的父亲是帕拉丁 & 莫法特工作室的合伙人。没过多久，罗伯特就接替了他。他们注定要见面。她离开过一段时间，后来又回来了。他们注定会见面。第一次是在乡间舞会，她穿了条新裙子，优雅而迷人。她低下头，笑而不语。他脸一燥，慌忙逃走。自此，又见过很多次——在街上、从教堂出来、从戏院出来、在舞会上、招待会上、义卖市场上。渐渐地，他不再脸红，但她仍然记得他向她下跪的场景。他结婚时，她礼节性地给新娘打了个电话，留的是她父亲的名字。莫法特夫人是一位单纯而美好的可人儿，笑起来有两个酒窝，知书达理。回电的时候，帕拉丁小姐刚好不在家。两个家族的聚会很少，一般都是在正式场合。直到这一刻，才有了一次私人碰面的机会。

门开了，他走了进来——这是一位高大而直率的男士，脸色红润，神采奕奕。他走向她，伸出了一只手。他既害怕又震惊，显然还十分忐忑。即使这个家发生了谋杀案，他也无法不去想格雷斯·帕拉丁是多么难以对付，他曾经是如何落荒而逃。一想到过往疯狂的爱慕，真是难以置信；而当她断然拒绝时，简直如世界末日一般。他内心不由得窃喜，幸好最后和贝西结婚了，她很善良——善良得令人舒服。一个女人就应该善良。

帕拉丁小姐没有理会那只伸出来的手，对于那句“这事太可怕了！”她只是礼节性地感谢他的到来。他想，她是如此冷漠、如此克制。如果她崩溃了，可能他还觉得正常些。她转动了下身子，远处窗户的灯光照射在她的脸色，他惊奇地发现，她的脸色苍白，黑眼圈严重。

“这事太可怕，太震惊了！如果有什么我们能帮忙的话……格雷斯，这对你的打击太大了。我简直不敢想象没有他会怎样——我根本想象不出来——他总是在那儿。对你来说更糟——真不知道该说些什么。我希望菲莉达能在这儿陪你——她能给你安慰。艾略特也在这儿陪着，对吗？昨晚詹姆斯打电话和我说他在这儿。抛开工作不谈，要是有什么事，他肯定会严词申诉的。不过现在看来，我们，贝西和我还算欣慰。年轻人就那样分开太可惜了。詹姆斯也这么觉得，我知道他一心想撮合。希望他在天有灵，要是知道他们又在一起定能感到些许安慰。她是个好姑娘，很高兴有她陪着你。”

格雷斯·帕拉丁克制着内心的怒火，淡定而深沉地说：

“是的，我有菲莉达陪着。”

接着，她向前走了一步，按下门铃。

“你可能会想见一下马克，罗伯特。”

第二十五章

从何得知

马克从楼梯那儿探出头来，刚好被艾略特·弗雷撞见。

“这儿——等等。”

“怎么了？”

“你让那个女人待哪里了？”

“在书房。我跟莱恩交代了，把她安排在你旁边的房间。”

艾略特突然说：

“我想见她。”

“好的，这边。你想让我陪你一起去吗？”

艾略特想了想，说：

“我不知道……不用了，我想单独见见她。她知道多少？”

“莉迪亚先找的她——我不清楚她说了哪些。我告诉她昨晚发生的事，然后说了在场所有人的名字以及关系——就这些。”

艾略特犹豫了一下，不知道该不该说点什么。最后他干笑了一下，说了句他根本没想过的话。

“嗬，我看你倒是继承了向其他人扔炸弹的癖好。”说完，他走下楼梯，拐了个弯向书房走去，刚好错过了从大厅对面另一侧走出来的罗伯特·莫法特。

艾略特大吃了一惊，眼前的女士和他想象中半分也不搭。他想象中是什么样子，他也说不清。可能有些强硬，很能干——目光如炬，巧舌如簧——反正不会是这般温和、端庄，穿的衣服可能在他出生时就过时了，他脑子里浮现出最近刚看的爱德华时期的电影。

他有些不确定：“希娃小姐？”她回应了他一个愉快的微笑，轻轻点了点头。

她坐在书桌前，面前放着绿色的练习本。很奇怪，她居然能坐在老詹姆斯的椅子上。警察整个上午都待在书房里。这儿、阳台那儿都被拍了照，每一处的指纹也都收集了。现在，这个房间恢复了整洁。警察已经不需要了。帕拉丁先生也不需要了。这个娇小的女人一本正经地坐着，一切恢复成昨晚的样子：椅子被推回了原位；书桌、墨台、吸墨垫如往常一样。在左侧稍远处多了本绿色的练习本，还有帕拉丁小姐昨晚送出去的一本蓝色袖珍日记本。这本日记本怎么会出现在这儿，是谁拿到蓝色的本子——他之前没有在意过。可能是马克，也可能是理查德。他走过去，轻轻拿起，像是在哪里折了下做标记，本子自己打开了。一个日期映入眼帘——2月1日。

艾略特定住了，希娃小姐问：

“您是对日期感兴趣，还是本子呢？”

他立马放下。

“啊，都不是。这本子是帕拉丁小姐昨晚送出的礼物。我在想——”

“这本是送给谁了吗？您觉得不是给帕拉丁先生的？”

“我不知道。”他斩钉截铁地回答。

说完，他拉了把椅子坐下。

“我想您应该知道我们的名字了。我是艾略特·弗雷。马克·帕拉丁说我可以过来和您聊聊。”

“当然，欢迎。”

她的语气很温柔，声调悦耳，略带拘谨。他正想着，希娃小姐微笑着说：

“您想和我聊些什么呢，弗雷先生？”

他脱口而出：“我想知道您知道多少。”

希娃小姐眼含着笑意，看着这个看起来很壮硕的年轻人——他聪明，不像马克·帕拉丁先生那样承受了明显的压力。她出色的记忆力告诉她，在案发时，这个家里有两个人有不在场证明，而他就是其中一个幸运儿。

“没有我想知道的那么多，弗雷先生。也许您能告诉我更多细节。见到您很荣幸，冒昧地问一句，您介不介意我问一些问题？”

“不介意。”

“好的，那么，弗雷先生——您不住在伯尔顿吗？”

“不住。”

“您是否从事与飞机建设有关的机密工作？”

“是的。”

“这是常识吗？事实上，您现在造访伯尔顿，是与帕拉丁 & 莫法特工作室的政府工作有关，对吗？”

“我不能说是常识。”

希娃小姐咳了下。

“那您是否同意，对于昨晚用餐的各位，这不是什么秘密。”

他惊奇地瞥了她一眼。

“是的，可以这么说——至少只要他们感兴趣，都可以知道。不过我觉得女人们可能对此不感兴趣。”

希娃小姐又咳了下。

“猜测不总是可靠的，弗雷先生。不过请继续。我想您昨晚待在这儿了，但昨晚之前没有。您有想过会来这儿吗？”

她看到他眉毛拧了个结。

“没有。”

“您是否想过昨晚会在此用餐？”

“没有。”

“能不能告诉我是什么改变了您的计划？”

他坦率地回答：“帕拉丁先生七点的时候打了个电话，说有些公事要立即见我。”

“当您过来后，他坚持要您在此用餐并留宿。我能问一下，您昨晚本来有何打算吗？”

他看着她，有些疑惑。

“我本来在和莫法特先生一起用餐的，就是帕拉丁先生的合伙人。”

“然后您爽约了？”

“帕拉丁先生让我爽约的。”

希娃小姐感叹了句：“天哪——”接着又说，“接下来的问题，可能有些难以启齿。彭宁顿小姐和马克·帕拉丁先生告诉了我昨晚用餐时发生的事。这必然是让人难以忍受的，尤其是对那位背叛者来说。我能理解帕拉丁先生实际上用了这个词‘背叛者’，在此之前，他说有人背叛了家族利益，但没有明说背叛的性质。当然，警察已经对此提了很多问题。他们拿到了多少信息，或者有可能的话，他们得出了什么结论，我都不得而知。我只是想知道，这次造访您是否带了什么文件或计划。我想您肯定有带吧。”

“自然。”

“您把这些文件委托给帕拉丁先生了？”

“您为什么会这么认为？”

希娃小姐笑了。

“弗雷先生，我很确定。同样，我也确定昨晚七点帕拉丁先生给您打电话时，应该是想通知您那些文件或部分文件丢失了。”

艾略特猛地把椅子往后一靠，跳了起来。

“谁说的？马克吗？”

希娃小姐聪颖而饶有兴趣地看着他，淡定地回答：

“我想马克·帕拉丁先生应该不知道。”

艾略特倚着桌子靠近了她一些。

“那么肯定是莉迪亚——莉迪亚告诉您的。”

希娃小姐摇了摇头。

“我很确定，彭宁顿小姐也不知此事。”

“那您是怎么知道的？”

在希娃小姐略带责备的注视下，他不觉满脸通红。

“抱歉！但您能否告诉我是谁告诉您的？”

艾略特的责备化成了宽容，在她面前，他觉得自己就像个怯生生的男孩儿，她就像一位老师，耐心地解释着显而易见的事。

“是证据告诉我的，弗雷先生。要是我提到了什么伤心事，还请原谅。您和帕拉丁先生家里人的冲突已经持续一年了，但您还愿意一起进餐只可能是以下两种情况——要么是和解，要么是有紧急情况，不得不搁置其他顾虑。现在看来，没有任何和解的迹象，晚餐前，您的突然出现令大家大吃一惊。显然，完全出乎了帕拉丁小姐的意外——甚至抱歉地说，出乎弗雷夫人的意外。因此，我考虑是另一种可能性，那就是有紧急情况，帕拉丁先生不得不让您爽约，说服您参与合作计划，要求您过来用餐并留宿。结合他关于背叛者的言论，以及他知道是谁，让我得出了这一结论，帕拉丁先生丢了重要的文件，而他知道是谁拿了，他认为只要给这个人施加足够的压力，就能拿回来。这种假设就很好地解释了您的默认和餐桌上发生的事。此外，还给拥有此破坏性信息的谋杀者提供了重要动机。”

艾略特慢慢地坐了回去。他的手仍然抓着桌子边缘，继续摩挲着，缓了一会儿。

“您在这间屋子里只不过才待了一刻钟，就说完全是您自己发现的？抱歉，我不相信。我想知道马克和莉迪亚都跟您说了些什么。我这么说不是无礼，但请您理解一下，要是他们中有人知道我的蓝图被拿了，那么其中一个必然就是小偷。只有三个人知道蓝图丢失的事情——偷蓝图的人、帕拉丁先生，还有我。如果马克或者莉迪亚知道——”

希娃小姐咳了下，打断了艾略特的推测。

“这是很好的假设，弗雷先生。很高兴能和迅速抓住要点的人打交道。不过，我向您保证，马克先生或莉迪亚小姐不可能知道帕拉丁先生的指控与您的文件有关。莉迪亚小姐只是向我提起您和帕拉丁家族有些过节，但这不影响您的工作关系。马克先生补充说您出现在这里，是因为一些机密的政府公事。我的推论是基于此以及其他一系列小事实中得出的。从您的谈话中，我知道推论得没错。”

他松开了桌子，向后靠了靠。

“嗯，是的，您的推论完全正确。”

希娃小姐打开绿色的练习本，记录了一下。接着她问：

“帕拉丁先生有告诉您，他知道是谁拿了文件吗？”

“是的。”

“他有向您透露，那个人是谁吗？”

“不，他没有。”

她抬头看着他，手里握着笔。

“弗雷先生，我需要您的支持。您很机警，也善于观察。我想知道，当时他的声音、表情、行为给您留下了什么印象。对于背叛，多深的感情程度——情绪呢——震惊？”

艾略特干笑了下。

“表达感情可不是帕拉丁先生的作风。”

“不管怎样，应该还是会有些印象的吧。请仔细回想一下。发现丢了东西后，帕拉丁先生肯定会很震惊。您能回想起，或者现在想想，当时他的震惊是比较私人的那种吗？”

艾略特看着她，先是有些惊讶，然后认真思考了下。

“他情绪很好。要是问我的话，我不得不说，他看着有点自得其乐。他和我说我得待在这儿，然后告诉我一早就能拿回我的文件。既然您已经知道了不少，我也不瞒您，他说得没错——我确实拿回来了。就在他桌子上。”他俯下身，指了指桌子左边的角落。“我拿走了，但我不打算说这事。我认为帕拉丁先生的死是一场意外——我们一开始都这么觉得。而意外转为谋杀时，我不得不考虑自己的立场。因此，我觉得没有理由保持缄默。下午警察长官来的时候，我说了您刚才和我说的那些。” 说最后那句话的时候，他的嘴唇扭曲了下，露出一个古怪的微笑。希娃小姐点点头。

“谢谢您，弗雷先生。您做得很对。让我们再回到帕拉丁先生的话题。您觉得，他并没有因为得知小偷的身份而情绪波动？”

艾略特突然咧着嘴笑了。

“帕拉丁先生从来不吐露情感。”

希娃小姐看着他，似乎觉得他在回避这个问题。

“我换种问法，”她想了想，“帕拉丁先生昨晚有十位客人。根据您自己的观察，这十个人中，他最偏爱哪一个？”

艾略特直言道：

“我不是真傻——我知道您想说什么。您想知道是不是他偏爱的人拿走了这份文件，他是不是因此有些心烦意乱。我很肯定，并没有。我没有对警察说这个，而且在任何可能的情况下，我也不会就此承诺。但如果您一再坚持刚才一直提及的那种印象，我倒是不介意说说我的看法。我觉得他揪出了那个人，而且他很享受那种赢得比赛的乐趣。不过也有可能是场密谋的表演。我不确定，这些只是我的猜测。我认识的人中，还有一位也是如此，他即使再生气也可以表现得很愉快。我不认为帕拉丁先生会泄露自己的想法。他从来不表露情感——我甚至怀疑他是否有情感。他总是一副冷漠且嘲讽的样子。如果您问我个人对他还有这个家的印象，那么我觉得他很疼我的妻子。我猜他也偏爱他的妹妹，毕竟二十来年，她一直为他操持家务。但这只是猜测，不是印象。我想他很看重马克，他在研究部做得很好。几年前，他想加入皇家空军，帕拉丁先生大发雷霆，那会儿我还不在。至于他对迪基·帕拉丁的态度，我倒是看不出。家里每个人都挺喜欢他的，我想帕拉丁先生也没有理由不喜欢他。剩下的还有弗兰克和布伦达·安布罗斯，他们俩是继子继女——他妻子的孩子。他很想念他妻子，因此我想他也很看重他们。在他们成年的时候，他就为他们存了一笔钱。

弗兰克经营生意，是个可靠、有能力的小伙子，想问题很透彻，做起事来有条不紊。布伦达和这个家有些格格不入——有点直率。”他的笑声暗示希娃小姐，这个形容只是轻描淡写。

希娃小姐的目光从他身上移到壁炉上的画像上。

“那是已故的帕拉丁夫人吗？”

“是的，钻石环绕不是吗？”

希娃小姐认真地凝视着画像。画像温和而平静，克拉拉·帕拉丁向下看着房间。她的丈夫为她精心挑选的红宝石天鹅绒和钻石衬得她丰满的脖子和肩膀皮肤白皙；浅色的头发梳得一丝不苟，在淡淡的眉毛下，蓝色的眼睛显得很宽。画中的她仪态端庄而和蔼——希娃小姐仔细观察着，然后转向艾略特。

“弗雷先生，她是英国人吗？”

他一脸不解。

“您为什么问这个？”

“看起来不太像英国人。我想她是不是荷兰人，或者德国人。”

“德国人。”

“那么她第一任老公呢，安布罗斯先生？”

“啊，是英国人。”

停了一会儿，希娃小姐岔开了这个话题：“请再聊聊其他人吧，弗雷先生。”艾略特皱了下眉头。

“这个，我已经说得差不多了。您已经见过莉迪亚·彭宁顿。她是值得信赖的。虽然帕拉丁先生曾经当面表达过对她的不满，但我觉得他还是挺疼她的——我就说些值得说的，不过帕拉丁小姐会跟您说他不喜欢她。她的姐姐艾琳嫁给了弗兰克·安布罗斯。坦白说，艾琳有点蠢——无法同时思考两件事。不对，确切来说——她脑子里只想着两件事，小吉米和小丽娜，逢人便谈论他们俩，帕拉丁先生不得不忍受着她。接下来是阿尔伯特·皮尔逊，他是完美的秘书，完美得令人生厌。他算是远房亲戚，帕拉丁先生在三年前找到了他，当时他赡养着寡居的母亲，还在夜校进修。”

“难能可贵，”希娃小姐得体地评价道，“我能问一下他是怎么赡养他母亲的吗？”

“我想，他当时给一个珠宝商干活。他母亲死后，帕拉丁先生就把他带过来做秘书了。他学了速记和打字。”

“那么帕拉丁先生喜欢他吗？”

艾略特笑了。

“恐怕没人会喜欢阿尔伯特。”

第二十六章
尴尬的晚餐

扫码听本章节
英文原版朗读音频

受邀和帕拉丁家的人一起共进晚餐后，希娃小姐便来到客厅。传统的深红交织着金黄，深得她的喜爱。屋子比例匀称：温暖的色彩、丰富的锦缎、长绒的地毯，还有那极富质感的水晶吊灯。她很欣赏帕拉丁先生的品位，真诚地对他的死亡感到遗憾。这些漂亮而高雅的家具很可能就要被棉布或亚麻布给取代了。

晚餐时气氛有些局促。希娃小姐很想见见所有人，于是在马克的安排下，他们都来了，但没有打扮。男人们还穿着白天的衣服，艾琳、莉迪亚和布伦达穿着外套裙子，菲莉达是一条灰裙，帕拉丁小姐倒是穿了件黑色高领长礼服，十分端庄。希娃小姐按多年的习惯，换了身穿了两年的夏季连衣裙——绿色的人造丝绸，上面零星点缀着橘色波点，前面别着一个戴着头盔的希腊绅士的大型浮雕胸针。她摘了帽子，露出了柔软的头发，扎成了辫子盘在后面的发网里，弯曲的刘海盖住了前额。除了胸针，耳朵上还戴了副小金耳钉，脖子上挂着精致的金项链，一副镶有一粒珍珠的夹鼻眼镜，偶尔阅读时需要用到。她仍穿着钟爱的灰色长筒袜，舒适而温暖，冬季绝佳；脚上的系带户外鞋换成了黑色串珠拖鞋。每见她一次，艾略特就更加认定她就像从爱德华时期电影里走出来的一样——只不过裙子要再长些——直到脚踝。

他坐在离菲莉达最远的座位上——格雷斯·帕拉丁注意到了。她也看到他整天都没有单独和菲莉达待上五分钟。她试图让他出去，就让她试试好了。他已经被牵扯进来了，现在他决定待在这儿，格雷斯·帕拉丁爱怎么控制就怎么控制好了。这是马克的房子，不是她的，他不认为她有能耐说服马克赶他走。

他全神贯注地想着，整个晚餐大部分时间都沉默不语。倒也不是他一个人特立独行——弗兰克·安布罗斯也就说了两次话，马克根本就没开过口。这顿饭简直就和昨晚的那顿如出一辙，讽刺极了。铺满肉末土豆泥的火鸡、油炸葡萄干布丁，桌子主座空着，没人想坐那儿。一位侦探和他们坐在一起，怎么吃、怎么喝、怎么想——一言一行都被尽收眼底。这些都不适合谈话，即使一向唠唠叨叨的迪基也闭上了嘴。女人们毕竟比男人们多了些社交意识。菲莉达尝试着和坐在两边的弗兰克以及马克聊聊，但很明显她的闲扯得不到任何回应，于是也就放弃了。莉迪亚和迪基低声交谈了几句后，也不说话了。帕拉丁小姐坐在桌子末头，神情悲伤，但依旧保持着一贯的优雅。高领的黑色长裙和落袖更是加重了这种气息。她的眼底布满黑影，从眉毛到脸颊的线条更加尖锐了。脸上怒气荡然无存，只剩下深深的忧郁。她的态度缓和了，作为一个体贴周到的女主人，她总是能隐藏自己的情绪，极力让她的客人感到轻松些。她温柔地对菲莉达说话，礼貌地招呼着希娃小姐，除了不速之客艾略特·弗雷，她对所有人都客气而友好。

希娃小姐被安排坐在阿尔伯特·皮尔逊的旁边，阿尔伯特的滔滔不绝倒是化解了不少尴尬。即使发生了谋杀案，也不足以抑制他传播知识的热情。但希娃小姐很快就了解到，他不过是在自说自话罢了。早前从马克·帕拉丁那儿听到了些关于他经历的描述，她试图引入一个他应该很熟悉的话题。

希娃小姐装出一副对宝石十分感兴趣的样子，随后，向阿尔伯特抛出了一个问题，但尴尬地没有得到回应。好在她对铺满肉末土豆泥的火鸡很感兴趣，这个从撒克逊时代到伊丽莎白二世时期伯尔顿历史都有记载，布丁倒是最新的款式。本杰明·帕拉丁创建了帕拉丁工作室——“已故帕拉丁先生的祖父，我自己的曾祖父”——帕拉丁小姐如此介绍，像是正在交接的样子。

在客厅，希娃小姐与女主人碰面了。

“希望您没什么缺的了。”

“是的，帕拉丁小姐。”

“要是有什么我能做的，请尽管开口。”

帕拉丁小姐非常亲切。她态度有些屈尊，或者带着谦卑的傲慢，但丝毫都没有显露。然而，希娃小姐还是敏感地觉得她看起来像个皇室成员去参加开业义卖一样。她拿着编织袋，那是埃塞尔送给她的圣诞礼物，取出针线和一团深灰色的羊毛。

“您真客气。”

小罗杰外套下半部分约半英寸的地方插了三根针，希娃小姐又插了第四针，迅速灵巧地编织起来。犹豫了下，帕拉丁小姐坐在了沙发的另一角。

“我们迫切希望能尽快解决这桩可怕的事。”

希娃的银针轻轻敲了下。

“啊，是的，确实。”

帕拉丁小姐的态度转变了,就像她的声音一般温暖且充满感情。

“这突如其来的丧亲之痛没什么好怀疑的。”

“是的，确实。”

“我的哥哥对我们来说太重要了。当然，彭宁顿小姐不是很了解他。她是我侄女安布罗斯夫人的妹妹——其实算不上家里人，尽管我们都很喜欢她。至于我的侄子马克，我觉得他不是很会表达自己——他很聪明，但太过矜持，而且被他叔叔的死弄得心烦意乱。我担心他们没法真正意识到我哥哥的去世对这个家造成的严重影响。”

希娃小姐狡黠地看了下眼前这位女主人，又继续织起来。

帕拉丁小姐深吸了一口气。

“我的哥哥十分出众。他喜欢以自己的方式做事。我想您应该听说昨天晚餐时发生的事了。最让人痛心的是，警察根据他所说的话，给出了毫无根据的假设。我希望您能相信，这事绝对被夸大了。我哥哥的表达经常过于戏剧化，即使是一些小事。我确信这事的意义不大。他因为一些事，或者一些人而感到苦恼，他想通过这种方式来让我们知道。我向您保证，这完全符合他的个性。今天早上，当警官询问我的时候，我根本就没想到这个，事实上，我并没有提。"

希娃小姐感叹了一句："天哪——"

帕拉丁小姐乌黑的眉毛轻微动了下。控制住了皱眉，她微微苦笑道：

"我真的什么也没有做。今天下午，我告诉博斯托克上校——他是警察局局长——我完全没想起来。我哥哥的意外太过震惊——我仍然觉得这是场意外——"她停了下来，双手紧紧握在一起，半闭着眼睛。然后她站了起来。"抱歉——我不应该提这个——太快了。也许您想和我侄女安布罗斯夫人聊一聊，或者安布罗斯小姐。"

希娃小姐凝视着围在火炉旁的姑娘们——艾琳、布伦达、菲莉达。

她咳了下，说：

"如果可以的话，我希望能和安布罗斯小姐聊聊。"

布伦达扭捏地坐到她旁边，希娃小姐和蔼可亲地笑着说：

"我想和您谈谈，安布罗斯小姐。因为我想找个善于观察且有条理的人来告诉我，昨晚到了客厅后都发生了什么。"

布伦达瞪着眼睛，这双眼睛和克拉拉·帕拉丁的眼睛十分神似，只是稍浅些。同时，她流露着和她母亲一般的好奇神情，只是少了画像中的姿色和平和。

“这儿——昨晚？”

“如果您愿意说的话。”

布伦达还是瞪着眼睛。

“这，我不确定。我们进来，我说我的继父肯定是疯了。我想您应该知道他晚餐时说的那番话了吧？”

“嗯，听说了。”

“好的，我说他肯定是疯了，才会让我们过来参加聚会，却说那样的话。我说这够了，我的嫂子艾琳——就是坐在火炉左边的那位——她突然放声大哭，说她知道帕拉丁先生是在说她。”

“天哪，她说原因了吗？”

“不，她没说。她在那儿自说自话，不停地说她什么也没有做，为什么他觉得是她。她很容易歇斯底里——一点儿自控力也没有。我不清楚她做过什么，但要我说，她脑子里肯定想到了些什么——不然她怎么会那样？要不是帕拉丁小姐，谁也不能让她安静些。当然，我也不怎么好，因为她也受不了我——要不是弗兰克，我也不会到这里来。告诉您一件关于艾琳的事——她报复心很强。您可能不会想到，因为她总是一副软弱无力的样子，而且逢人便谈论她的孩子，直到大家都不想听了。但要是她对谁有了偏见，就绝对不会放过那人。她曾经对我有偏见，因为之前一直是我帮我哥哥操持家里，嗬，该死的，我干得还比她好。这就是艾琳——要是什么事她自己干不了，就会讨厌干得了的那个人。”

希娃小姐轻轻敲着银针。

“这可不太友好，不幸的是很常见。”她评价道。

布伦达嗤之以鼻。

“艾琳就喜欢别人奉承她，”她说，“弗兰克不想理她——他发现她出去了。我开始怀疑我的继父是不是也不想理她。这其实很能说明问题。您知道，她之所以现在可以左右孩子们，是因为她一直和他们在一起——他们觉得她很棒。等他们长大些，就会大吃一惊，然后就会发现没那么无私的母亲。这真让我感到恶心！”

“天哪，”希娃小姐说，“真有意思。”她温柔地看着布伦达·安布罗斯。“请继续，说说昨天晚餐后发生的事。帕拉丁小姐让您嫂子安静些——”

“啊，是的。她很聪明——知道怎么掌控别人。她给我们每个人都分了礼物。她上楼去拿的。她不想让莱恩进来送咖啡的时候看到这难堪的场景。”

正当她描述时，莱恩像往常一样，拿着大银盘走了进来。路易莎跟在后面，端着蛋糕架。希娃小姐觉得这些安排十分大方得体。她很欣赏维多利亚时代精美的托盘、咖啡壶和牛奶壶，可惜少了应该同样精致的糖盘。放糖精的罐子有些简陋，于是被莱恩藏起来了，不过在任何情况下，她都觉得那是个糟糕的替代品。作为一个爱国公民，她宁愿喝不加糖的咖啡，也不愿意加糖精。她一边飞快地编织着，一边观察了下。

“帕拉丁小姐真是用心。您说她上楼去拿礼物。您的意思是她出了这间屋子？”

“当然。礼物在楼上。”

“那她去了多久呢，安布罗斯小姐？”

布伦达瞪大了眼睛。

“啊，没多久。就刚好去拿个东西。”

“没有时间和她哥哥说句话？”

“不，当然没有。他还没从餐厅出来。”

“您确定吗？”

“当然确定。我从不说不确定的事。男人们那会儿还在餐厅。帕拉丁小姐给我们礼物后，他们才出来。我拿了个手电筒，菲莉达收到了手帕，莉迪亚的是浴盐，艾琳的则是孩子们的照片。之后男人们才进了客厅。”

“那么他们有礼物吗？”

“艾略特·弗雷没有，当然我们没想到他会来。他和菲莉达已经一年没有联系了。我得说，他那样出现还挺有勇气的。帕拉丁小姐很生气，才不会给他礼物呢——她一向不待见他。其他人都拿到了一本口袋日记本。也没什么礼物好送给男人们的，不是吗？”

“这倒不错，日记本总是用得上的。那帕拉丁小姐给每个人的是不同颜色的本子吗？”

布伦达点点头。

“是的。对于这种事，她总是很细致——即使很麻烦。”

“她肯定会考虑周全。那有哪些颜色？”

“哦，棕色——红色——蓝色——紫色。”

布伦达觉得有些无聊，这些问题让她觉得希娃小姐像是个没什么本事的老处女。她找了个借口想离开。

“我去帮您拿些咖啡吧。”

正当她站起来，希娃小姐赶忙又问了个问题。

“我很喜欢蓝色，不知道帕拉丁小姐是不是也是。她把蓝色本子给了谁呢，安布罗斯小姐？”

布伦达又坐了下来，自以为很聪明地回答：

“这恐怕没什么吧。马克拿了蓝色的本子。格雷斯阿姨很喜欢理查德，他有双漂亮的蓝眼睛。他拿的是本红色。您也知道，有些人就喜欢红色，比如帕拉丁小姐。”

第二十七章
餐后的闲聊

整个晚上，希娃小姐找机会和帕拉丁家大部分人都聊了聊。她发现安布罗斯夫人对小罗杰的长筒袜十分感兴趣，向她讨教是该用一种颜色还是该夹些绿色的条纹。希娃小姐说了些约翰尼、德里克和罗杰的故事来回应吉米和小丽娜的趣闻。艾琳变得很活跃，告诉她昨晚没办法唤醒小丽娜，于是出去找霍尔顿医生，弗兰克因此十分生气——“真搞不懂男人们。”

希娃小姐附和，男人们是没办法理解做母亲的心情的。至此，她们间的隔阂完全被打破了，艾琳告诉她布伦达是多么难相处，莉迪亚没下定决心嫁给迪基留在伯尔顿真是遗憾——如果有人能帮忙照料孩子真是太好了。即使不怎么了解彭宁顿小姐，希娃小姐也知道这不会是关键因素，不过她并没有反驳什么。

艾琳委婉地说了几句帕拉丁小姐太能干了——“看她把一切安排得多么妥当。根本想不到居然发生了那么可怕的事。她很有自控能力——真想不通她是怎么做到的。我真是羡慕那些有自控力的人。格雷斯阿姨在这方面无疑非常出色。我还记得菲莉达结婚的时候，谁也没看出来她是多么心碎，她只是藏在心底。我觉得她不希望菲莉达和任何人结婚，当然，如果那个人住在伯尔顿，想必就不会那么难过了。我们之前还讨论，要是她能嫁给马克就皆大欢喜了。他其实是远房表亲——而您也知道，菲莉达是领养的——所以简直是天作之合。可惜菲莉达嫁给了艾略特·弗雷，这就意味着她必须离开可怜的格雷斯阿姨了。要说她对此不满，我一点儿也不觉得奇怪。想到丽娜结婚时，我会怎么样——唉，我根本不敢想。”

又提到丽娜的话题，希娃小姐安慰了几句。

“其实我挺欣赏艾略特的，”艾琳继续说，“菲莉达也很爱他。可是他们已经分开了。中间发生了什么我不太清楚——格雷斯阿姨一直回避这个话题。他们那会儿刚度完蜜月，大家都以为他们沉浸在幸福之中。突然格雷斯阿姨宣布艾略特走了，而且再也不会回来。可怜的菲莉达呀，就跟个游魂似的。所以，周三晚上，当他若无其事地走进来时，您根本想象不到大家有多震惊。”

“想不出来。”希娃小姐说。

接着希娃小姐又和菲莉达交谈起来。菲莉达简单明了地坦白，大家休息后，她去书房和她叔叔聊了会儿。

“艾略特不想让我把这事说出来，但这是不对的，是吗？这事和我叔叔在晚餐时说的话一点儿关系也没有。艾略特担心警察会疑神疑鬼。我当时只是希望詹姆斯叔叔能给一些不同的意见而已。”

希娃小姐慈爱地看着她。

“自然是的，弗雷夫人。”

菲莉达怔了下。

“但我没和您说过——”

希娃小姐咳了一下化解了些尴尬。

“您自然希望知道帕拉丁先生为什么要请弗雷先生过来，而且会好奇弗雷先生为什么会接受邀请。”

菲莉达脸色明亮了些。她不知道该从何说起。正当她犹豫时，目光瞥见了希娃小姐。这一瞥让她感到一阵释然，觉得没什么好假装或隐瞒的。人们一向不会把自己的内心掏出来给外人看。但她愿意，因为她觉得希娃小姐根本不是外人。她走进来，坐在火炉边，就像在自己家一样，一切都理所当然。她开了口：

“我当时必须找个人聊聊。”

“那帕拉丁先生帮到您了吗？”

“是的。”

希娃小姐停了会儿，银针搁在她膝盖上。她和蔼地说：

“真替您高兴。误解不该继续。”

“我知道。这不仅仅是误解。”

希娃小姐微笑着。菲莉达猛然觉得自己和艾略特又回到了孩提时代。有人告诉他们不要吵架，鼓励他们亲吻对方，重新成为好朋友。她害羞地报以微笑，希娃小姐问：

“您从书房出来后，见到谁了吗？”

她卸下了防备，很庆幸可以坦然说没有。

很快希娃小姐接着问了第二个问题。

“或者听到了什么，弗雷夫人？”

这回，她脸色变了，低下头，有些苦恼，结结巴巴地说：

“啊，不——没有——”

希娃小姐没有给她施压。她想一定有什么隐情，而且差不多猜到是什么。

男人们进来了，刚好给了菲莉达逃走的理由。迪基经过时，她喊住他，让他坐下来和希娃小姐谈谈。她觉得迪基很擅长聊天，相当讨老年人的喜欢，总夸他是“那个迷人的男孩儿”。帕拉丁小姐朝她焦急地瞥了一眼，她顿时一阵发凉，浑身颤抖，脸色煞白。

“过来坐，亲爱的，取取暖。你离火炉太远了。”

她挤出一个淡淡的微笑，并没有去拿咖啡盘，而是径直走到壁炉另一边，半侧着身子站在那儿，优雅地弯下腰装出一副正在取暖的样子，抬起脚，手轻轻搭在冰冷的大理石台面上。

艾略特向她走去，手里端着咖啡，他把咖啡杯放在壁炉上。

“我想和你谈谈。”

这句话打断了她的思绪，就像有人敲了敲她的心门，脸一下子红起来。她了解艾略特的心情。此刻，她的心怦怦直跳。不管做什么也比和一条蛇单独待在黑暗中要好。她的视线落在火苗上，喃喃道：

“我不知道怎么——”

他拿起咖啡杯，一下子把黑咖啡倒了，又放回壁炉。

“什么能阻止我们一起走出这间屋子？”

她的脸越发红了。

“我没办法。”

艾略特苦笑道。

“害怕那些流言蜚语？”

“不行。明天——我明天会找时间。”

他声音低沉，带着怒气说：

“她会整天看着你的。明天也依旧如此，一大堆人围着，我们连一分钟都没法单独待着。”

菲莉达还是盯着火苗。艾略特生气了，可她却无端地感到一阵愉悦，冲走了之前的冰冷。她没再说什么，本能地觉得，只要静静地等着，就不会伤害到艾略特。

格雷斯·帕拉丁的声音传来，语气不容置疑。

“亲爱的菲尔！”

这回她端着杯子走了过去，把杯子放在巨大的银盘里。

“怎么了，格雷斯阿姨？”

帕拉丁小姐示意她靠近些，低声说：

“亲爱的，你能不能让布伦达远离艾琳，和你待着？她们俩都神经紧绷，我实在受不了了。”

菲莉达没办法拒绝，除了顺从，她别无选择。她整晚安静地听着喋喋不休的指责。她尝试岔开话题，只是徒劳。不管是提到北极、东方战争或最新的电影，布伦达最后都能引到艾琳身上。要不是现在的处境，可能还会有趣些。菲莉达不禁想，为什么布伦达和艾琳都这么一根筋呢？没有什么比甩布伦达一个耳光，让她大哭起来更痛快的事了。然而，她不能。

她继续找机会岔开话题，布伦达继续自顾自地控诉着艾琳。

第二十八章
疯狂的往事

除了怡水别墅的客厅，其他地方也有人在谈论着艾琳。博斯托克上校和女儿其乐融融地享受着家庭时光。他向前倾身，朝火里扔了块木头，记起有件事得打听一下。他把珍妮特喊来，她是一位健康阳光的年轻女孩儿，脸上洋溢着灿烂的微笑。

“还记得彭宁顿家的女儿吗——艾琳，还有一个叫什么来着，莉迪亚？”

“当然。怎么啦？”

“老帕拉丁去世了。她们俩中的一个嫁给了继子，对吧？叫什么来着——安布罗斯？”

爱丽丝·博斯托克八卦道：

“肯定留了一大笔钱吧。我想艾琳是不是分到了些。”

“她不是那个红头发的吧？”博斯托克上校分不太清。

两个姑娘齐声说：

“啊，不——那是莉迪亚。”

博斯托克上校往后一躺，心满意足地凝视着他的女儿。她们算不上绝色美人，也做不出什么惊人之举，不过是体面的平常人，认真工作，享受假期——她们相当好看，相当聪明，没有怪癖，无须装饰。珍妮特表现出色，通情达理。爱丽丝则普通了点，有些瘦弱，算不上沉着冷静，不过不妨碍她依然是个好姑娘。至于米莉——米莉一直效仿他，是三个人中最敏捷的，可惜这次没能回来。

他心不在焉地说：

“艾琳——这个姑娘有什么故事吗？”爱丽丝看了一眼珍妮特，眼神随即闪开，谁也没接话。

博斯托克上校更加直接地重复了一遍。

“艾琳这个姑娘有发生过什么事，对吧？”

“你是她同学，珍妮特。发生过什么？”

珍妮特回答：“陈年往事了——”

她的父亲不耐烦地耸了耸肩。

“是啊。你那时才二十五，她年纪应该和你差不多。她有过些故事，是什么呢？说来听听。”

珍妮特不太情愿：“我的意思是，已经过去很久了——旧事重提不太合适吧。”

博斯托克上校露出浓厚的兴趣。

“别说废话！有就有，没有就没有。如果有的话，知道的人太多了，你想让我问一圈？问你们俩不是更好？挑重点说。”

珍妮特看着他，表情有些严肃。

“旧事重提不太合适——差不多是十二年前了。其实没什么大事。我的意思是，不值一提。米娜也没受什么影响。”

博斯托克上校咕哝了一声，讥讽地盯着他的女儿。

“不值一提！继续——告诉我！”

“就是艾琳的小猫，”爱丽丝说，“其实也不是她的——只是迷路了。那会儿在学校，不允许养宠物，所以艾琳把它藏在工具棚那儿。”

“她把所有零花钱都给了园丁的儿子，让他保守秘密——园丁生病了。”珍妮特接下去说，“她留了些吃午饭和喝茶的钱，包在手帕里。”

“当然，这事瞒不了多久，但她太喜欢那只小猫了，也是只可怕的小东西。”爱丽丝打开了话匣子，“米娜·科特雷尔说要向格雷厄姆老师告状。她是个讨人厌的姑娘——我们都不喜欢她。她一口咬定那只猫身上有跳蚤。”

“可能有。”

爱丽丝说：“啊哦……不管怎样，艾琳抓狂了。我觉得她并不知道自己在干什么。她把米娜推到河里去了。”

“幸好没受伤。”珍妮丝急忙补充。

爱丽丝做了个鬼脸。

“她很可能会受伤，太危险了。你知道，那里是禁地——她们绝对越界了，因为河那边有高堤——我搞不懂艾琳是怎么把米娜带到河边的，但她做到了，而且还把米娜推河里了。”

博斯托克上校大吃一惊：“天哪！”过了一分钟，“是的——我记起来了。彭宁顿家真是一团糟。那姑娘真是死里逃生。她不会游泳，对吧？”

珍妮特说：

“不会。所幸刚好有个男人在那儿钓鱼，把她给救了。那次争吵太可怕了。要不是科特雷尔替她求情，她肯定就被开除了。米娜说小猫会被淹死。我觉得艾琳肯定不清楚自己在做什么。她总是那样，你知道的——要是她认定了一件事，就容不下其他事了。那会儿，她满脑子都是那只可怜的小猫。现在满脑子都是孩子。她没办法思考或讨论别的。真是无聊。”

博斯托克上校点点头。过了会儿，他提醒了一下：

“是啊，谁能想到呢？最好别和别人说。别告诉任何人。”

不久，瓦伊纳警官过来拜访他的长官，他们进了书房。

“抱歉打扰了，长官，但我这有一两件事——”

“没关系，瓦伊纳，坐。怎么了？”

瓦伊纳一屁股坐下，塞满了整个椅子。灯光照着他浓密而发灰的头发，勾勒出额头和下巴的轮廓。他明亮的蓝眼睛看着有些迟疑，又有些可笑。

“是这样的，长官。彭宁顿小姐今天下午没去怡水别墅那儿，我本来想问问她是不是知道安布罗斯夫人昨晚出去又回来过。我们想尽可能地确定时间，所以我去了梅多克罗夫特，发现他们又都去了怡水别墅那儿。”

“有什么消息？”

“不是来自彭宁顿小姐。我碰到了马克·帕拉丁先生，他告诉我他请了个私家侦探。”

和得知这个消息的其他人反应一样，博斯托克上校不禁惊讶地大喊了声：“什么？”

“真的，长官。您听说过希娃小姐吗？”

博斯托克上校脱口而出：“天哪！她在这儿干什么？”

“您听说过她，长官？”

博斯托克上校猛地抖了一下。

“圣诞节时刚好碰到年轻的阿博特。他是院子里一个侦探士兵的同事，是阿博特家族在猎人山庄那儿的表亲，过来拜访。他很欣赏那个女人。有意思的是，我敢打赌，他不是那种会迷恋上任何人的人。他很自信，脸皮很厚，也机灵得很。”

“长官，我碰巧听说过一些她的传奇事迹，虽然报纸上没写，但大家都这么传。第一次是在列克星敦市，马奇警官说的。他当时在处理一桩毒虫案，他发誓是她救了他的命。”瓦伊纳大笑道，“长官，他们的相识很奇特——当他还是个孩子时，她曾是他的家庭教师，我猜只是因为她长得很像娇小的老处女家庭教师。马奇和我说了很多她的事，比如去年冬天发生的中式披肩案。后来有一次，我去伦敦拜访探长兰博，他和我聊了凡德勒别墅谋杀案——他们在那儿抓住了辛普森夫人，您应该记得吧。他把这归功于希娃小姐——亲自颁发了荣誉给她。”

“马克·帕拉丁请她来的？”

“是的，长官。问题是，现在我们应该怎么做呢？我不得不承认，她可能会有帮助。您也知道，她就在案发地——马克·帕拉丁先生亲自请去的——和家里人住在一起。她自然站在更有利的位置——从私人角度。按兰博的说法，这正是她擅长的。他说只要别人和她聊一聊，她就能快速做出判断，十分惊人。相比在警察局，在家里无疑会更放松，她也不用受限于我们那些条条框框。”

“你想怎么做？”

“长官，我建议给她看看笔录。兰博说她嘴很紧，不会泄露半点。”

“有些女人可以。”

“是的，长官。马奇和兰博都说她就像保险柜一样安全，所以，如果您允许的话——”

博斯托克上校耸了耸肩。

“嗯，让她加入，让她参与！瓦伊纳，告诉你吧，这个案子真是棘手——太棘手了。听着，有些事不用瞒你。和你说些那个叫艾琳姑娘的事吧。是这样的……”

第二十九章
蛛丝马迹

前一晚，安布罗斯一家早早就回了。希娃小姐和所有人的谈话都很愉快，除了弗兰克·安布罗斯，他一直沉默不语，显得粗鲁无礼。等其他人离开不久，她便告辞回房了。临别前，她问了帕拉丁小姐关于日记本的事。

“要是我说了什么令您痛苦的话题，还请原谅。不过您侄女提起，您给您侄子们送了口袋日记本，当作是新年礼物。”

格雷斯·帕拉丁微笑着。

“这没什么好痛苦的。”

希娃小姐咳了一下。

“不，当然。我还想知道，您是不是也给您哥哥送了一本呢？”

“啊，没有。”帕拉丁小姐一脸惊讶，“他不在乎。除了大的卡片，他从来不用什么日历。”

“那种日记本挺实用的。我猜他可能会感兴趣，而且很难给男人们买礼物。”

“不会用的。他从来不在意那些事。”

希娃小姐觉得再纠结于这个问题可能会引起反感，是时候就此打住道别了。

客房布置得温馨而舒适，以红色为主的花卉地毯，窗帘、床罩、床单上印着鲜亮的罂粟、矢车菊、玉米穗图案，壁炉里的红瓷砖在火光下闪闪发光。据她观察，这间屋子的风格和皮尔逊先生以及隔壁艾略特·弗雷的房间几乎全然相反。另一侧有一间浴室——方便周到。

脱下冷凉的长裙，她换上一件色彩鲜艳且保暖的长袍。长袍是手工钩针缝制的，腰间有一条羊毛绳系带，让人联想到老式的拉铃。舒适的黑色毡帽拖鞋取代了串珠拖鞋，她往火炉旁的椅子上一坐，把绿色的练习本摊在她膝盖上的垫子上，用钢笔在上面记录着。

写了几页，门外响起了敲门声。她喊了声：“请进！”抬起头，眼前是位十六岁左右的姑娘，穿着黑色短裙，系着白色围裙，戴着一顶折边帽。她的腿有些粗壮，身材很丰满，面色红润如苹果，一双蓝眼睛明亮闪烁，就像个中国娃娃。她拿着热水壶，看到希娃小姐已经穿着晨衣，连忙说了声“抱歉，小姐”，就站在那儿不动了。

“没关系，”希娃小姐温柔地说，“你来整理床铺吗？你叫什么名字？”

“波莉，小姐——波莉·帕森斯。”

“我猜，这应该是你首先整理的房间？”

“啊，是的，小姐。”

“真是令人伤感的新年。”希娃小姐寒暄了下。

波莉开始把床罩揭下，折叠起来，露出了红色的鸭绒被。

“啊，是的，小姐——从没发生过这么可怕的事，对吗？”

希娃小姐附和着。

“对你们来说，肯定是个巨大的打击。”

“嗯，是的，小姐。我觉得实在太奇怪了。”她把折好的被罩放在椅子上，又回到床边。

“你需要进书房工作吗，波莉？”

波莉背对着她，弯腰把床单也揭下。棕色的短发末端微微卷曲，透过头发间隙，希娃小姐看到她的脸开始泛红。

“只需要去添点火，小姐，当他们吃晚餐时。那会儿莱恩先生会很忙。”

“帕拉丁先生餐后习惯去书房吗？”

“嗯，是的，小姐。”

“那你昨晚也像往常一样去那儿添火了吗？”

波莉不小心把热水瓶滑到了床上。

“是的，小姐。”

“那会儿是几点？”

波莉转过身。

“我说不上来，小姐。”

她看着眼前和蔼却不失威严的脸。

“试一下，波莉。”

她从来没有像现在这样，这么迫切地想走出这间房间。但她不能。要她就这么溜走比当面顶撞路易莎还难百倍。不行，她匆忙解释道。

“我晚了一些——我是在外面帮忙聚会的事。”

希娃小姐露出理解的微笑。

“那么你应该看过时间吧，毕竟担心迟到。那会儿是几点呢？”

“刚好九点，小姐。”

“大家那个时候还在餐厅吗？”

波莉眼神游离。

“嗯？”希娃温柔地坚持。

“我绕过门走进书房时，夫人们已经出来了。”

希娃小姐继续盯着她，面容和蔼，眼神坚定。她穿着深红的睡袍，膝盖上仍放着垫子，坐得直直的。

“那你在书房待了多久？”

波莉满脸涨得通红，哽咽地说：

“我得看着点火，小姐。”

希娃小姐目光仍没有移动。波莉的脸更红了。过道里传来一阵脚步声，她咽了咽口水，朝门口移去，跌跌撞撞中匆忙说了句抱歉，只听到“路易莎”和“其他瓶子”，门就立马关上了。门外清晰地传来跑下楼的声音。

希娃小姐被这突如其来的落荒而逃吓了一跳，“天哪！”

第三十章
指纹

隔天早上，博斯托克上校、瓦伊纳警官、希娃小姐聚在书房里。壁炉里火苗熊熊燃烧着。深红色的窗帘拉到最边上，阳台、灰色的房子阴影，以及詹姆斯·帕拉丁摔倒时撞在栏杆上的痕迹显露无遗。昨晚下了场暴风雨，不过这会儿云层已经散了，不时地上有一束光线照射在缓缓流淌的小河上。

瓦伊纳警官坐在桌子旁，他带过来的笔录放在希娃小姐左手边。她挑了张最舒适的椅子，后背高而窄，十分挺括，四周布满光亮的铆钉。希娃小姐两手搭在棕色裙装的下摆上，坐得笔直。她戴着一个橡树胸针，显得自信而富有权威，像个大写的 A 字。

博斯托克上校拉了张椅子坐到书桌旁，胳膊搭在扶手上，几乎将全身重量都压在了椅子上。有时候，希娃小姐并没有朝他那边看，他会好奇地凝视着她，不时呈现出“上帝保佑”的嘴型。那个橡木胸针引起了他的兴趣，似乎在哪里见过。应该是场婚礼——简的婚礼——简是他妻子的堂妹，珍妮特这个名字就是随她起的。新郎的一个姑姑就有个类似的胸针。戴着无边帽，穿着羽毛衣服的倔强的老太太，把所有钱都捐给了无依无靠的鹦鹉。他才不会在法庭上向鹦鹉起誓呢。不管怎么说，简和她丈夫一分钱也没有拿到。真是个怪人。

希娃小姐有着贵妇人般的清澈嗓音。

“警官，您能把指纹的事告诉我，真令我受宠若惊。”

瓦伊纳回应道：“应该的。”他转身坐在桌子对面，正对着她。“当然，在这个家，您可以很容易地拿到每个人的指纹，不过找到了也不能说明什么问题。拿这门把手来说——上面就有一堆。那天晚上，除了帕拉丁先生自己的，还有莱恩的、皮尔逊先生的、弗雷先生和弗雷夫人的。”

希娃小姐咳了下提醒道：

“还有那个生火的姑娘。”

“噢，对。”

希娃小姐继续道：

“她大概九点的时候在这儿。”

“嗯！太早了，没什么价值。其他人都是九点后来的，”博斯托克上校说，“我们都知道。”

“那么，”瓦伊纳接着说，“到处都一样。莱恩、波莉姑娘、帕拉丁先生、皮尔逊先生、弗雷夫妇——都有他们的指纹。不一样的是，我们发现那个姑娘碰过这个抽屉。帕拉丁先生在那里放了糖，我想她就是来拿糖的。”

这就是波莉突然脸红逃跑的原因——是不是呢？瓦伊纳还在继续，希娃小姐在心里嘀咕了下。

“我没有和她说这个。我们的目标是谋杀犯，没必要和个偷糖的孩子过不去。哦，那儿还有马克·帕拉丁的指纹，这就很难解释了。博斯托克上校现在坐的椅子上、书桌边上有他和理查德先生的指纹，马克先生的指纹还出现在口袋日记本上。那天下午晚些时候，理查德先生拜访过帕拉丁小姐——这很正常。离开时他去书房和他叔叔打了声招呼。这都是他自述的，不过没什么疑点，指纹也解释得通。至于马克·帕拉丁却没法解释。他整个周三都不在这儿，前一天，前两天都不在。他新年前夜直接过来吃晚餐的，但那会儿没来这见他叔叔，因为当时帕拉丁先生和弗雷先生正在谈事情。他和其他人说，晚餐后他也没有到书房这边来过。九点四十五分的时候，他和理查德先生一起离开，然后回到伯尔顿大厦的公寓。之后，他说他出去散了会儿步。选在大晚上那个时候去散步挺反常。桥上的执勤警察哈丁说大概十点二十分的时候，看到他往怡水别墅方向走去了。那会儿月光很亮，哈丁一眼就认出来了。马克先生说他沿着路边走了会儿就回去了。哈丁没有看到他回来，不过他十点半就交班了，接替他的是个新来的，没怎么注意。就我推测，马克先生唯一可能留下这些指纹的时间是十点二十分以后，也就是哈丁看到他往怡水别墅方向走那会儿。”

“谁让他进来的呢？”博斯托克上校发问，“莱恩没有开门。”

“门没锁，长官。马克先生和理查德先生之前一直住在这儿，几年前才搬走。他们很可能还有钥匙。或者即使他没有，马克先生也能绕到阳台那边敲玻璃门。这个家里所有人都知道帕拉丁先生会在书房等到十二点。”

博斯托克上校评价道：“震惊。”

“是的，长官。指纹就是那时候留下的——周三晚上十点二十分之后。除此之外，没其他机会了。”

希娃小姐咳了下。

“他解释了吗，警官？马克先生把我请来时，很坦白地说他有嫌疑。我和他说过，我不会掩饰任何证据，我唯一的职责就是尽我所能找出真相。他回答他要的正是这种专业服务。你们认为这本日记本是他的吗？”

博斯托克上校十分诧异：“什么！”

“帕拉丁小姐送的新年礼物，”希娃小姐解释说，“安布罗斯先生、皮尔逊先生，还有两个侄子一人拿了一本。周三晚餐后在客厅分到的。本子有四种颜色。蓝色这本是给马克先生的。”

“天哪！”

“这样的话，我想可以盖棺定论了。”瓦伊纳一脸笃定。

希娃小姐拿起日记本。

“且慢，博斯托克上校。这本本子很新，却能一下子展开。如果您和警官检查一下，就会发现装订线被压过，所以会自动翻开这一页——这页的日期是2月1日。”

瓦伊纳说：“是的，我也注意到了。事实上，我们在内页和本子外面都发现了指纹。我正打算说这个，因为马克先生在里外都留下了指纹，这点很可疑。不仅如此，还有帕拉丁先生的指纹，重叠在上面。看起来他们对这个日期有所讨论过，马克先生把本子递了过去给帕拉丁先生亲自查看。说到解释，我想我们现在也许可以喊他进来。按惯例，我得问问他是否介意您在场，不过鉴于是他请您来的，我想他也没理由反对。那么如果他同意您在这儿的话，就给其他家庭成员起了个头，如果您能理解我的意思的话。”

希娃小姐心领神会。她点了点头，和蔼地低声说：

“您真是考虑周到。”

铃响了，马克·帕拉丁先生被邀请过来。他看起来一夜没睡，强打着精神。和昨天相比，他少了些忧郁，多了些坚定。要是他认为自己会被逮捕，那他现在的表现也太镇定了。

博斯托克上校寒暄了下：“您好吗，帕拉丁？请坐。”瓦伊纳也跟着说了句：“早上好。”他们都没有站起来，也没有想和他握手。从一开始就很明显，这场谈话是公事公办。

马克面对着希娃小姐而坐。现在桌子旁坐了四个人——其中三个是站在法律的立场上，还有一个很可能成为被告。

博斯托克上校的表情和他脑子里的想法倒是很一致，“这是很棘手的案子。”他清了清嗓子，高声说：

“您介意回答几个问题吗？”

“不，不介意。”

“您介意希娃小姐在场吗？我想是您请她来的。”

“不，我不介意。”

博斯托克上校看着桌对面，命令道：

“好的，瓦伊纳，开始吧。”

警官转向马克，手里拿着日记本。

“这是您的吗，帕拉丁先生？”

马克看了一眼，竖起了眉毛。

“您为什么会这么认为？”

“我们得知，帕拉丁小姐周三晚上送了四本这样的日记本当新年礼物。据说您拿到的是蓝色的。对吗？”

马克有些紧张：

“是的。”

“这些日记本是您和女士们在客厅会合后才拿到的吗？”

“是的。”

“您那会儿没有来过这儿，然后在九点四十五分时离开了，对吗？”

“是的，没有来过。”

“那么，帕拉丁先生，您能否解释一下，隔天早上八点一刻，当警察过来时，为什么这本日记本会出现在桌子上？封面以及 2 月 1 日这一页上，有您和过世的帕拉丁先生的指纹，就在这儿本子被折了下。您能否就此解释一下？”

马克看着希娃小姐，希娃小姐也正看着他。她的眼神坚定且充满生机，就像一位老师鼓励陷入困难的学生。不知为何，他感到一阵鼓舞。

“是的，我可以解释。我想我最好告诉您发生了什么。”

博斯托克上校又清了清嗓子。

“我有义务提醒您，帕拉丁，您说的一切都将作为呈堂证供，可能成为对您不利的证据。”

马克看着他，似乎带着微笑。

“谢谢您，长官——但我只是解释，不是认罪。那晚我回到伯尔顿大厦的公寓后，又出去过，我和警官提了。当时并没有说我去了哪儿，但我想你们早晚会知道的。我回到了这里，因为我想见我叔叔，而鉴于他在晚餐时说了那番话，我不想让其他家人知道这事。”

“上帝保佑！您回到这儿见了帕拉丁先生？”

“是的，长官。”

“您是怎么进来的？”

“我有钥匙。”

博斯托克上校轻微地噗了声。瓦伊纳问：

“您为什么想见帕拉丁先生呢？介意说一下原因吗？”

马克眉头紧锁。

“可以。一直以来，我都想辞职，加入皇家空军，每次都被我叔叔拒绝了。也就是说，虽然最终决定不取决于他，但只有他说不需要我留在公司，政府才会放我去那儿。”

博斯托克上校凌厉地看着他。

“因为您从事研究工作，是吗？”

“是的，长官。”

“继续。”

“我叔叔不放我走。我昨晚来这儿是想告诉他，他必须放我走。就这样。”

“为什么？”

“一些私人原因。”

“能告诉我们是什么吗？”

“不，长官。我叔叔的死打乱了一切。我现在不奢望去了。”

瓦伊纳聚精会神地盯着他。

“您和帕拉丁先生谈得如何？是平和的吗？”

“是的。他同意了。这就是为什么日记本会翻在2月1日那一页。我手上还有些工作——我说会在一个月内搞定。他问我是不是等一个月再过来见他。我问：‘从今天起四周后吗？’他回：‘不是——按公历月。’我想起早些时候格雷斯阿姨送给我的日记本，所以拿出来，翻到2月1日——我想知道确切日期。然后把日记本递给了他，他看了说：‘好的——如果到那时你还是坚持的话。’”

“然后发生了什么？”

“我回家了。我不知道日记本落在这儿了。我没意识到。”

“您是几点回去的？”

“不太确定——大概十一点半。”

“有人看到你来或者走吗？”

“据我所知没有。”

瓦伊纳顿了会儿，说：

“弗雷先生和皮尔逊先生说十一点半的时候下楼去喝了点东西。弗雷先生说他印象中，走到大厅时，听到前门关门的声音。

这和您说的时间吻合。”

“是的。”

“帕拉丁先生——您和他是怎么告别的呢？是友好的吗？”

希娃小姐看到那黝黑的脸颊抽搐了下，乌黑的眉毛挤在了一起。他答道：

“是的。”

“您离开的时候，他还活着吗？”

紧锁的眉头下，两眼突然亮了下。马克·帕拉丁明显地停顿了下，才说：“是的。”

第三十一章
我回来过

扫码听本章节
英文原版朗读音频

希娃小姐干咳了下，打破了随后的沉默。

“帕拉丁先生，您能否告诉我们，周三晚上您在这儿的时候，书桌上放了哪些东西？”

他脸上露出一丝惊讶。

“您的意思是？”

她解释道：“尝试去回想您那时看到的桌子，尽可能地告诉我有哪些东西。”

这次，他皱着眉头，集中注意力地思考起来。

“我不确定——我没太在意。好像和现在差不太多。”

“请继续，帕拉丁先生。说出那些东西。您可能会回想起一些东西。”

眉头加深了，嘴微微噘起，半幽默半不耐烦。

“这个嘛，您看到的所有东西——墨水台、钢笔、铅笔、吸墨垫、写字垫。”

“有东西现在不在这儿。”

“写字垫？我们谈话的时候，在他面前放了一个——我很确定。上面什么也没写。”

“请继续。”

“其他想不起来了。”

“日历呢？帕拉丁小姐无意中提起他总是喜欢用大的卡片日历。”

马克摇了摇头。

“不，没有日历，不然我就不用拿出我自己的了。当然那是一年的最后一天。我想他可能把旧日历扔了，新的还没有拿出来。”

“在我和警官之间的桌子这角就没什么东西吗？”

“只有报纸。”

希娃小姐惊呼：“天哪！这个角落放了份报纸？”

“是的——《泰晤士报》。他肯定正在看。”

“帕拉丁先生，您能否再仔细想想，那份报纸是不是放得很平整？回忆一下，下面有没有多余的空间放，例如，弗雷先生的蓝图？我听说是装在一个硬纸板纸筒里的。报纸下面有没有空间放那个呢？”

他脸上露出惊恐的表情，看了看瓦伊纳，又看了看警察局局长。

“根本没有丢！我叔叔指的就是那个？”

博斯托克上校说：

“您刚意识到？”

马克想站起来，但脚使不上劲，一软又一屁股坐了下来，他向前扶着桌子，眼神飞快地扫过他们。

博斯托克上校厉声说：

“嘿，帕拉丁！当您叔叔说有人背叛了家族利益时，您以为是什么？说出来不是很愉快——听起来不是很愉快。您认为他指的是什么？”

“他丢了蓝图？是吗？”

“我问的是，您当时以为是什么，帕拉丁？”

马克一下子又坐直了。

“抱歉，长官。我从没想过是图纸的事。”

“真的？那么我想知道，您以为是什么？”

马克沉默了大概半分钟，好似一个世纪那么长。他缓缓开口：

“我会告诉您，长官。整件事太震惊，自然正如您所说，说出来听起来都不愉快。我从没想过是图纸。我毫无头绪，只想很好地处理我自己的事。当我思考他的话时，我在想他是不是在暗指我。听起来有点夸张，但对于我想离开公司这件事，他总是会夸大其词。我们最后一次交谈时，他说这件事和周三晚上说的那件没什么差别。”

“还记得什么？”

“他说，我让公司、国家失望透顶，只为了换取些无用的荣耀。”

“所以您认为，周三晚上他说的是您？”

马克摇了摇头。

“不是很确定。我只是觉得所有事情都要爆发了，没法再继续这样下去，所以我又回来和他摊牌。”

博斯托克上校眼里闪烁着怀疑的光芒。

“那您还坚持说，谈话进行得很愉快吗？”

马克·帕拉丁先生的脸瞬间红了。

“这个，长官，是的。我试图让他理解了我的立场。我告诉过您，他同意我一个月后离开，只要到那时我还坚持的话。”

“是的，这是您说的。”这句话和眼神一样充满怀疑。

马克明显地怔了一下。瓦伊纳接话道：

“您没想到是蓝图丢了吗？您最后一次看见是什么时候？”

“我从没看过。”

“确定？”

“十分确定。”

“但您知道它的存在——您知道弗雷先生带过来了吗？”

“嗯，是的。”

“周三下午您去过帕拉丁先生的私人办公室吗？”

“是的。”

“什么时间，待了多久？”

“我和弗兰克·安布罗斯一起进去的，快四点的时候，我在那儿待了差不多一刻钟。”

“其间您有单独待在办公室过吗？”

“是的。我叔叔大部分时间都没在。安布罗斯早我一步走了。

我只是等着见我叔叔，没多久我也离开了。”

“您有注意到办公桌上放了一个文件袋吗？”

“是的，我注意到了——那儿有。我叔叔用它装文件，带来带去的。”

“您有碰那个袋子吗？”

马克皱了皱眉。

“我可能碰到过——我靠在桌上的。”

“那安布罗斯先生在做什么？”

“我真的不清楚。我们聊得很少。”

“您靠在桌上。那他在房间的时候，您一直保持着那个姿势吗？”

“不是——我在窗边站了会儿。”

“您在那边干什么呢？”

“朝外面看看。我们在打发时间——边等我叔叔。最后，安布罗斯不想等了。”

“那么您有一段时间是背对着房间的？”

“是的。”

“那等安布罗斯先生走后，您就一个人了？”

“一到两分钟。”

“您单独和那个文件袋在一起？”

“是的。”

“您打开过吗？有吗？”

“当然没有。”语气半随意半轻蔑。

“您没有打开过文件袋——您没有拿图纸？”

“我根本就不知道图纸被拿了。”这回完全是轻蔑的语气了。

瓦伊纳看着警察局局长，博斯托克上校心领神会。

“您不知道图纸被拿了。那您知道它们又被放回来了吗？”

马克·帕拉丁的脸色一变，之前的强硬瞬间消失。他往前一靠，急切地说：

“又被放回来了？”

博斯托克上校点了点头。

“什么时候，长官？”

希娃小姐说：

“关于这个，帕拉丁先生，正是我们想查出的。很感谢您的积极配合。图纸被放在硬纸板纸筒里。周四早上，当得知帕拉丁先生过世的消息时，弗雷先生走进书房发现了纸筒，就放在书桌角落里。您觉得有没有可能，您周三晚上和您叔叔在书房的时候，就已经在了？”

马克看着，犹豫了下，皱着眉头说：

“有可能……但那肯定有指纹——如果您拿到了纸筒，那么上面肯定有拿纸筒的人的指纹。”

他一个人一个人看过去，和瓦伊纳直接对视着。

“我可没说纸筒上有指纹这件事，帕拉丁先生。”

马克把椅子往后一推，站了起来。

“反正，您不会在上面发现我的指纹。”

第三十二章
扑朔迷离

门关上了，博斯托克上校看着桌子对面的瓦伊纳问：

“你怎么看？”

“长官，比较棘手的是纸筒上面有很多指纹——太多了——除了弗雷先生自己的，其他都很淡。里面的图纸也一样。弗雷先生说，帕拉丁先生告诉他，他和莫法特先生、安布罗斯先生开了个会讨论过图纸。我的理解是他们把图纸拿出来传阅过。我们还没有拿到莫法特先生的指纹比对，但其他两个人的指纹到处都有，剩下一个应该就是他的。纸筒外面的情况就奇怪了，那里一片混乱，就像您说的，可能经过了很多人的手，留下了很多指纹。帕拉丁先生的很清晰，还有弗雷先生的一根手指和大拇指。”

博斯托克上校转向希娃小姐。

“有什么想法吗？”他问道，“就我推测，凶手应该在马克·帕拉丁和那个叫艾琳的姑娘中——安布罗斯夫人。”

希娃小姐低声惊呼：“天哪——”双手交叉放在膝盖上，转了下头注视着他，期待他的解释。

博斯托克上校本来已经准备好应付一个口齿伶俐的女人，这会儿只觉得一阵宽慰和兴奋。

“选马克，”他说，“他承认又回来见过他叔叔，却没有说明原因。他也承认以为自己就是帕拉丁先生口中的背叛者。仔细想想，这疑点重重。不管怎么说，他回来过。他承认之前关于这个话题的讨论总是不欢而散，这回却没有怒气——一切都很愉快，他叔叔居然同意了。前后明显矛盾。您觉得呢？”

希娃小姐微微一笑。

“既然您问我，我觉得如果他是在编的话，马克先生完全可以编个更好的故事。”

“嗯！日历的事难住了他。总归要说点什么，还没时间思考。”

希娃小姐摇了摇头。

“他很清楚自己会被怀疑。他一开始就坦白了。他意识到，桥上执勤的警察肯定看到并且认出了他，他本可以想一个更好的故事来应付。确实，日历的事让他措手不及。他的笔录是，他拿出日记本查看日期，然后把日记本传给他叔叔，这点通过指纹的位置可以证实。而桌上确实也没有其他日历，这点也能证明他没有说谎。”

“证据太单薄了！”博斯托克上校不耐烦地说，“帕拉丁当着全家人的面说，其中一个是背叛者，而且知道是谁。他说希望那个人来自首，他会在书房等到十二点。现在我问您，马克先是通过道别，然后和别人一起离开来掩饰自己的行踪，接着黑灯瞎火地又回来，不为自首，而是因为其他原因，这个假设合理吗？”

希娃小姐又摇了摇头。

“我认为他确实是回来自首的，但不是因为偷了弗雷先生的蓝图。”

博斯托克上校瞪大了眼睛，希娃小姐笑了笑。

“其实这很好解释。马克先生爱着彭宁顿小姐。我想他已经迷恋她很久了，不过一直没有透露过，这是我和他们一起见面后留下的印象。从安布罗斯夫人口中，我得知家里人都希望彭宁顿小姐能嫁给理查德·帕拉丁先生，理查德先生已经多次求婚了。周三晚上，他们坐在一起用餐，帕拉丁先生的祝酒词中有意无意地把他们的名字放在了一起。我想这很容易让马克先生坐立难安。他们回去的路上，理查德先生可能说了些什么——现在无从得知——但我能想象得到马克先生无心入睡。您说过，一个无辜的人不会试图参与可能受伤的谈话，但同时您得知道，一个无辜的人并不知道发生了一起盗窃案。他很可能产生困惑，认为他叔叔的话是暗指他离开公司这件事，这样的话，很自然地会想要回来解释清楚。我猜想，他可能告诉了帕拉丁先生想要离开的真实理由，那么谈话会愉快就不足为奇了。至于帕拉丁先生要求他一个月后再最终决定，我的想法是，帕拉丁先生对于马克先生和彭宁顿小姐的未来不像马克自己想得那么悲观。您看，博斯托克上校，这就很好地解释了整件事——对吗？”

博斯托克上校倒吸了一口气“啊”，没有回应。瓦伊纳看着希娃小姐询问的目光，评价了一句：

“里面有隐情。”

他注意到警察局局长向他瞥了一眼。

“那有什么好处呢？说这些有的没的！现在的事实是我们并不知道。就他自己的陈述来看，马克一直在这儿待到十一点半。他有可能如他自己所说，走的时候他叔叔还活着，或者他也可能已经把帕拉丁先生推了下去。”

“他想得到绝大多数的财产——”瓦伊纳半信半疑地揣测。

博斯托克上校再次转向希娃小姐。

“可能是他，或者也可能是那个叫艾琳的姑娘。说起来令人震惊，但如果一个姑娘已经干过一次把人推下悬崖的事，那么再干一次也就不奇怪了。巧的是，我女儿和她曾经是校友。当时她养了一只流浪猫。违规的。有个好管闲事的姑娘说要去告发她，让小猫消失。艾琳就把她推到了河里。很可能被淹死。幸运的是后来得救了。这件事闹得很不愉快。”

瓦伊纳接着这个故事说：

“据说安布罗斯夫人非常疼她的孩子。假设是安布罗斯先生拿了那些图纸——他是知情者，肯定会处理的。在马克先生朝窗外看的间隙，他是有机会从帕拉丁先生的文件袋中拿走纸筒的。这么假设可能不太友好，但看起来他的母亲是德国人——他可能被挟持了。镇上的人都在传他们生活富裕。她并不做事，却很有钱，有源源不断的财富。我不是想说他们有什么东西付不起，虽然确实没有。那么，假设他拿了图纸——可能有人付了一大笔钱让他拿到图纸然后去影印。他可能已经计划好周三晚上不动声色地还回来。但就在晚餐前，帕拉丁先生说了那番话——家里出了内鬼，而且他知道是谁。这下完了，他没办法神不知鬼不觉地放回去了。如果您仔细看安布罗斯先生的笔录的话，就会发现他说的比其他人都少。那就是他。据我所知，没有人向他泄露任何消息。”

博斯托克上校嘟囔道：

“不能因为一个人没有说话就认为他是有罪的。”

“不是的，长官。我并不是说他有罪——我只是提出一个假设。如果是他拿了图纸，那么他必然得考虑接下去要怎么做，快速思考。他唯一能做的就是取得帕拉丁先生的原谅。我们都知道他和家人是九点四十五分离开的。之后他和他妻子都出来过。安布罗斯夫人说是去找霍尔顿医生。他说自己是去找安布罗斯夫人了。谁也不知道他们俩是什么时候回去的。假设安布罗斯先生去了怡水别墅，安布罗斯夫人尾随他去了——他可能和她说过什么，或者她可能猜到了什么。安布罗斯一家住在梅多克罗夫特，跟这儿就隔了一条河——如果开车的话很远，但如果走步行桥和峭壁小路不过七八分钟。如果说他们抄近道——安布罗斯先生不会冒着被看见的危险绕到正门口的。至少如果我是他的话，是不会这么做的。我会走到阳台，敲我身后的这扇玻璃门。假设安布罗斯先生这么做了，他的继父会给他开门。如果安布罗斯夫人跟了过来，那么她必然会躲在门后听他们在说什么。现在没办法通过指纹来给出证据，因为在我们来之前，所有人都碰过门把手。假设她这么做了，假设她发现她丈夫有可能会丢了工作——最起码他出卖了军事机密。不管怎么看，最好的办法就是摧毁一切。好了，根据我们对安布罗斯夫人的了解，她总是把孩子放在第一位。当她年轻的时候，因为另一个女孩儿恐吓她的小猫，她就把人推到河里。那么如果她认为有人恐吓了她的孩子，您认为她会怎么做呢？”

“上帝保佑！”博斯托克上校大吃一惊，“这么说有什么用？我们根本没有证据。”

“是的，长官，只是有很大的可能性。我不是说凶手就是安布罗斯夫人。也有可能是安布罗斯先生自己干的。我也不想说是他们俩中的一个。他们都出去了，而他们可以不出几分钟就到这儿。如果真的是安布罗斯先生拿了蓝图，那么他们俩就有很大的动机。这个家的人都知道帕拉丁先生会晚睡。好像每个人都知道他睡之前最后一件事就是到阳台这儿。他们中的一个很可能一直在等，然后把他推了下去。”

“所以其他人也有嫌疑！我并不是说他们俩没有做。艾琳确实有嫌疑。我只是想强调，没有证据。”

“没有，长官。”瓦伊纳警官承认。

希娃小姐咳了一下，问了个无关紧要的问题。

“您能否告诉我，哪儿有弗雷夫人的指纹呢？”

“天哪——您不会是怀疑她吧！”

希娃小姐含糊其词道：

“如果您能好心告诉我——”

瓦伊纳很积极地回答：

“当然，她坐过警察局局长现在坐的椅子。马克先生也坐过。后背和扶手都有他们的指纹——当然还有理查德先生的，不过据他说，他是在喝完茶后进来的。”

“除此之外，还有哪里有弗雷夫人的指纹吗，警官？”

瓦伊纳皱了皱眉。

“事实上，是的——有两三处在很奇怪的地方。看起来她肯定去过已故的帕拉丁夫人的卧室。就是那间屋子，在壁炉和内墙之间。里外的门把手上都有她的指纹。同样，在通往走廊的门上也有。在第二扇门内侧板的上方，还有她的整个手印。看起来她是在黑暗中摸索着走出去的。我还没有问她——还没来得及。”

“您觉得是什么原因让她走那条路的？”

“我说不上来。”

希娃小姐轻轻地咳了下。

“假设她正在和她叔叔谈话，有人到书房来了，帕拉丁先生可能不想让她看到是谁，就有可能会暗示她走另一条路出去。这个解释得通吗？”

瓦伊纳敬佩地看着她。

“很有可能。”

“我觉得就是这样。”

“您觉得她可能会听到安布罗斯先生的声音吗？”

“我不能这么说。据我所知，她听到了一些声音。在和帕拉丁先生畅所欲言后，她变得有所保留——她害怕继续下去。她找了个借口走了。我那会儿并没有给她施压，但如果您允许的话，我想再和她聊聊。”

瓦伊纳望向桌子对面，博斯托克上校点了点头。

第三十三章
同一个问题

之后没多久，希娃小姐偶遇了四个人，问了同一个问题。

走出书房时，阿尔伯特·皮尔逊刚好经过。他似乎是朝后楼梯走去，想上楼回卧室。听到希娃小姐轻微的咳嗽声，他四处看了下。希娃小姐打了声招呼："啊，皮尔逊先生——"他折回来，走向她。

"有什么我能帮您的吗，希娃小姐？"

"哦，也没什么，皮尔逊先生——我只是在想，您是否知道周三的《泰晤士报》上有哪些新闻？我想知道点事，不过也不算重要，希望没给您添麻烦。"

皮尔逊先生一向很有礼貌，他想莱恩应该知道——"我帮您打听下。"

“啊，不用麻烦。我只是在想——您是否正好知道帕拉丁先生周三晚上是不是有看报纸？”

透过厚厚的镜片，阿尔伯特很专注地凝视着她。希娃小姐提了个细节，她脑海中闪过拉封丹寓言。阿尔伯特说：

“怎么了，是的，我想他看了——事实上我也不确定。我去说晚安的时候，他桌上放了份报纸。”

“您进去时，他没有在看吗？”

“啊，没有。只是放在桌上。”

“放在左边？”

“是的，怎么了，希娃小姐？”

希娃小姐亲切地朝他一笑。

“谢谢您，皮尔逊先生。那么我想莱恩应该有。不，请不用麻烦——我会自己问他的。”

她在大厅碰见了莱恩。他很快拿来了三十一日的《泰晤士报》。看到报纸时，他和希娃小姐的反应截然不同。希娃小姐脸上露出欣慰的表情，莱恩则有些惊慌失措。报纸看起来并没有被打开过，这似乎意味着不可言喻的悲伤。

“太可怕了，不是吗？”莱恩说，“没想到先生居然连《泰晤士报》都没有看。他每天晚餐后都会坐下来看的，从未间断。”

“那么会有其他人看吗？”

莱恩摇了摇头。

“没有，女士。夫人们订了自己感兴趣的报纸。《泰晤士报》是专为帕拉丁先生准备的——他不喜欢别人碰。周三时他肯定心烦意乱，以至于都忘了看报这回事了。”

“您晚餐后去书房时看到报纸了吗？”

“嗯，是的，女士。就放在他书桌的左侧。”

“他当时正在看吗？”

“啊，没有，女士——是合着的。”

“您是否记得，报纸放得是否平整？”

“不，女士，不太平整。”

“您确定吗？”

莱恩很平静地确认。

“是的，女士，因为我当时不禁想知道，为什么会不平。看起来，下面盖着什么东西，我很想知道是什么，帕拉丁先生一向都会把桌子收拾得很整洁。”

“谢谢您，莱恩。”

拿着《泰晤士报》，希娃小姐走上楼。刚走到顶就碰到了菲莉达·弗雷，这次她没有寒暄，直接问道：

“周三晚上您去找您叔叔谈话的时候，有看到书桌上放了这份报纸吗？”

菲莉达困惑地看了会儿，仔细想了下，喃喃道：

“是的，我想应该放了——啊，是的，我看到了。”

她当时没有在意，但现在回忆了下，报纸好像被堆起来了，下面似乎有什么东西。她当时无暇顾及，现在回想起来，好像真有这么回事。

希娃小姐陪她走到卧室，正巧波莉·帕森斯也在，拿了块紫丁香印花的抹布。关上门，她问道：

“波莉，你可以等会儿再打扫。我想问你一个问题。”她拿出《泰晤士报》，“周三晚上，你去生火的时候，有在书桌上看到这份报纸吗？不用着急回答，先好好想一下。”

波莉瞪大眼睛看着那份《泰晤士报》，过了会儿说：

“啊，没有，小姐，书桌上没有。”

“你确定吗，波莉？”

“嗯，是的，小姐。不会在书桌上，莱恩先生不会放那儿的。有专门放报纸的桌子，要是不在的话，我一眼就发现了。”

这次没了昨晚的尴尬，没有结巴，也没有脸红。波莉的脸颊粉嫩，好像红苹果一般。蓝色的眼睛和希娃小姐对视时，显得天真无邪。

希娃小姐表达了感谢：“谢谢你，波莉，”然后走了出去，带上了门。

弗雷先生就住在隔壁，她听到他在屋里走动的声音。

听到她的脚步声，他急切地喊了句：“请进！”

他一定一直在房间里徘徊着，现在他靠着窗。门关上了，他诧异地喊了声：“希娃小姐！”

“我想和您谈谈，弗雷先生。我们能坐下来聊吗？”

“怎么了？当然，您可以坐椅子上——我就坐在床沿。您想聊些什么？”

她很严肃地看着他，手里还握着那份12月31日的《泰晤士报》，她拿了出来。

“周三晚上，您去书房和帕拉丁先生告别的时候，有见过这份报纸吗？”

“见过——在他桌上——我想他应该在看吧。”

“啊，没有，弗雷先生，报纸没被打开过。”

他有些不耐烦地笑了笑。

“那我想他正准备看吧。”

“这份报纸一直没被打开过，弗雷先生。”

他的胳膊肘撑在床边的黄铜栏杆上，下巴搭在手上，问：

“好吧——我们为什么要说这个？”

希娃小姐咳了下，倒不是在责备，只是专注着手头的事。她想起一个奇怪的成语，却意味深长……她想要是洛德·坦尼森在，会怎么说那个现代俚语。不能容忍的什么，恐怕……咳嗽让她回想起了过去。她爽快地说：

“帕拉丁先生习惯在晚餐后看《泰晤士报》。周三晚上，他在书房从九点待到十二点，却没有打开过报纸。您对此有什么看法？”

艾略特直直地看着他。

“要不您告诉我，您有什么看法？”

“很好。在别人看来，可能会是因为内心痛苦，但据您对帕拉丁先生的观察，他并非如此。弗雷夫人、马克先生也是这个印象。弗雷夫人和他交谈后感到了释然和安慰。马克先生受到了同情和慈爱。‘内心从容不迫才可安慰和同情’这句话可不适用于神经高度紧张的人。”

艾略特咧嘴笑着。

“这听起来不像是帕拉丁先生对我的态度。”

希娃小姐咳了下。

“每个人都有表达自己的方式，弗雷先生。事实上，弗雷夫人和马克先生都感受到了温暖。”

“马克？”

“是的。周三晚上十一点到十一点三十分，他和帕拉丁先生待在一起。我想那时候您和皮尔逊先生下楼刚好错过了他。他们的谈话是因为一个令人喜悦的原因，不过不是现在要讨论的。让我们回到《泰晤士报》这个话题。我想没有看报可能有两个原因。第一，它被用来隐藏什么东西；第二，帕拉丁先生忙到没有时间。”

“他怎么会没有时间？”

希娃小姐狡黠地看着他。

“我想他有很多访客。”

“很多？”

“我想是的。首先是您和皮尔逊先生。接着是弗雷夫人，在十点到十点半之间，大概占用了二十分钟。马克先生是快十一点的时候到的，但我有理由相信，十点半的时候还有另一位访客，因为弗雷夫人似乎经过已故的帕拉丁夫人卧室，急匆匆地离开了书房。”

艾略特怔怔地看着她。

“我猜您在那儿。”

希娃小姐笑了笑，像是耐心地引导一个落后的班级，她解释道。

“那个房间门里门外都有她的指纹。要不是她想避开刚好来书房的人，她是不会走那条路的。”

艾略特赞同：“是的，是的。您也知道，她撒不了谎。别给她太大压力。”

希娃小姐干咳了下，似乎不太赞成这句不慎重的话。

“当然，我不知道来访者是谁。”

“您惊到我了。”

“但我很肯定，弗雷夫人知道。不管怎样，我们先把这个问题放一放，回到为什么没有打开《泰晤士报》的问题上来。相较而言，后面这个问题更重要。”

艾略特突然严肃起来。

“您说，报纸放那儿是为了隐藏什么东西。您的意思是不是，为了盖住装蓝图的纸筒？”

“是的，弗雷先生。”

“您为什么会这么觉得？”

希娃小姐还带着从她房里拿来的编织袋。她拿出小罗杰的裤袜开始织起来。越过深灰色的羊毛和银针，她的目光仍然盯着艾略特。

“很简单，弗雷先生。九点钟，夫人们都走出了餐厅，那个叫波莉的小女仆进书房去生火。《泰晤士报》当时在报纸架上。大概十点差十分的时候，您、皮尔逊先生还有莱恩在书房待了一会儿，那会儿《泰晤士报》已经在帕拉丁先生书桌的左手边了。莱恩说他有特别注意到异样，因为他想知道报纸下面有些什么。

弗雷夫人十点后到了书房，报纸还在那儿，没有被打开，同时马克先生十一点到的时候也是如此。”

“既然说到这儿，隔天早上的时候还是在那儿。”

“而且盖住您装蓝图的纸筒？”

“是的。”

他调整了下姿势，脚从栏杆那移开，一下子坐直了。

希娃小姐说：“很有可能纸筒是在九点到十点差十分，也就是波莉进去生火到莱恩看到报纸盖着东西时，放过去的。”

艾略特双手插着裤兜，说：

“不太可能。”

希娃小姐手上停了下，把小罗杰的裤袜转了下。

“能否说说，为什么您这么觉得呢，弗雷先生？”

“因为这个家没人有机会在那个时间段把东西放回去。没人落单过。”

“皮尔逊先生呢？”

艾略特皱了皱眉。

“当他到书房的时候，莱恩已经在了。另外——”他耸了耸肩没再继续。

“我同意这个时间确实可能性不大，安布罗斯一家刚刚离开，而其他人正在告别。”

“那个时间不可能，”艾略特说，“况且，莱恩已经在了。您刚刚也说了，他注意到了《泰晤士报》。”

“是的。我并没有怀疑是皮尔逊先生。所有事都指向了另一个方向。您说，没有人有机会在九点到九点四十五分之间把纸筒放回去，因为大家都没有落单。我想了下，那时间可以缩短为一刻钟，也就是当男士们回客厅和女士们会合，到帕拉丁先生回书房这段时间。我确定纸筒是在那个时候放过去的，而只有一个人有机会做这件事。”

“男士都没有离开过餐厅，希娃小姐。”

“我知道，弗雷先生。但有一位女士离开过客厅。”

艾略特的眉毛一下子拧成了“川”字，他倒吸了一口气，几乎发不出声音：“谁？”

希娃小姐看着他，顿了一会儿，坚定地说：

“帕拉丁小姐。”

第三十四章
蓝图之谜

艾略特仰着头，不怀好意地笑道：

“您真勇敢！您知道自己在引爆什么炸药吗？”

希娃小姐咳了下。

“我只是根据观察和推断给出结论，弗雷先生。我很乐意继续说下去。”

“如果您愿意，我愿闻其详。”

她接着编织着。

“要是您能心平气和地想想所有的事，那么就会同意，帕拉丁小姐是这个家里唯一一个可能把您的纸筒放回去的人。除非您更偏向下面这种荒谬的假设，莱恩正在拿喝的以及家庭成员互道晚安时，皮尔逊先生冲到他老板面前坦白自己是小偷。”

艾略特摇了摇头。

“您可以排除这个假设。阿尔伯特一向很谨慎。”

“如我所想。我们回到帕拉丁小姐身上，她在九点后离开过大厅几分钟，公开和大家说她去拿准备的新年礼物。她只离开了很短的时间，不过我想做那件事本来也不需要多长时间。我认为她直接穿过走廊，走到楼梯尽头，去了书房。这不可能耽误她太久。把纸筒放回帕拉丁先生的书桌后，她只要把门虚掩着听，确定在她过来和拿着礼物回到客厅时，没有人在外面。”

艾略特吹了个长而低沉的口哨。

“格雷斯·帕拉丁！”他不敢相信，“怎么会？”

希娃小姐轻轻敲了敲银针。

“您难道不知道原因吗，弗雷先生？我认为您知道。恕我直言，她讨厌您——她嫉妒您。她成功地拆散了您和您夫人。她很强势，把全部感情都投入在弗雷夫人身上。你们三个人待在一个屋子就不可能不意识到这点。我一个旁观者都已经很真切地感受到了。弗雷夫人也是如此，这让她很苦恼。她一方面受困于养育之恩，要忠诚负责，另一方面又被她自然的本能和情感左右着。现在，想想帕拉丁小姐的处境。她已经成功地棒打了鸳鸯。我不知道她是怎么做到的，但她是一个有强大力量的女人，为了得到弗雷夫人，她可以不择手段。她有着极强的统治欲和占有欲，而且对自己的主张很有把握。然后，您因为公事来了。她害怕您和弗雷夫人见面——她害怕你们之后还会见面。她想方设法寻找能阻止这发生的一切可能性。她想到，要是丢失了宝贵的计划书，那么您和帕拉丁家族就永远不可能重归于好。我不清楚是不是会导致这个结果，但她认为会。您应该记得周三的时候，理查德·帕拉丁先生和她一起喝了茶。从您的笔录来看，帕拉丁先生告诉过您，拿回了这么重要的图纸，他担心去洗手间的时候办公室无人看管，因此希望理查德先生能留在那儿。理查德先生给我的印象温和而健谈，他很可能向他阿姨透露了图纸的事情。我相信她找到了拿走图纸的机会，而帕拉丁先生很清楚是她干的。他告诉过您，知道是谁拿的，对吗？”

艾略特默默地点点头。

快速编织着，希娃小姐继续说：

“令我惊讶的是，帕拉丁先生似乎对丢失了这么重要的蓝图一点儿也不担心。您同意这点吗？”

艾略特脸色凌厉。

“是的。”

“据您的描述，他的精神一直很好。”

“啊，是的——他很自得其乐。”

银针轻快地敲了下。

“您认为这代表了什么，弗雷先生？重要密件丢失了。如果帕拉丁先生还能享受其中，那么说明，他很清楚，这个偷东西的人不涉及军事机密。他肯定，非常确信，蓝图不会被拿去影印。想一想您就会明白，要不是他丝毫不怀疑这点，否则这么拖延下去真是难以置信。”

艾略特呆呆地附和：“是的。”

银针飞舞着，希娃的眼睛如小鸟般机敏——有句谚语，早起的鸟儿有虫吃。她利落地斜了下头，明确地说：

“帕拉丁先生知道您的蓝图其实没有丢，但从私人角度出发，它们是属于您的。共同生活了二十年，我们可以想象得到，他对帕拉丁小姐的心境和这个家的情况了如指掌。我们不清楚他是怎么知道是谁拿了纸筒，但有一点是肯定的，他确实知道。他一直很疼他妹妹，但毫无疑问，他很生气，下定决心要惩罚她、羞辱她。我想她已经受到了惩罚。他在餐桌上的那番话，无疑对帕拉丁小姐造成了深刻的影响。这个家的人一向喜爱她、敬重她——每个人都能看得出来，处处如此。即使是安布罗斯小姐，也没有异议。”

“他们都很敬重她，”艾略特苦涩地说，“我一直在反对——格雷斯阿姨做什么都是对的。她是这个家的神话。而我是唯一的亵渎者。”

希娃小姐点了点头。

“几乎没有人能不犯错。不过一旦已经习惯于被敬重，就很难下台——尤其是被人推下台，还可能是被当众推下。周三晚上，帕拉丁小姐坐在餐桌前，听到她哥哥说知道是谁犯了罪，暂时不透露姓名时，她心里肯定不好受。她不确定，他下一句话会不会就当面告诉大家，她就是那个背叛者。我想您应该能够体会，她已经受到了严厉的惩罚。”

艾略特脸色苍白。

“是她自找的，不是吗？您希望我向她道歉？您知道她做了什么……对我……对菲莉达。即使我现在占了上风，即使她的神位坍塌无法重塑……却都已经剥夺了我们一年的幸福。”

他站了起来，走到窗前，站了会儿，又折回来，脸色阴沉，极力克制着。

“那是她谋杀了她哥哥？”

希娃小姐停下了手里的活，双手搁在腿上。

“我不知道，弗雷先生。”

第三十五章
敲门者

沉默。突然，艾略特不满地质问：

“您是什么意思，什么叫不知道？”

银针依旧飞舞着。

“就是字面意思，弗雷先生。我能肯定的是帕拉丁小姐拿了蓝图，然后又放了回去。我不知道是不是她把帕拉丁先生推了下去。她有动机，也可能有机会，但现在来看并没有证据来证明。”

艾略特说：

“您看，希娃小姐，您说她拿了蓝图，我并不反对。然后您又说她把蓝图放了回去，而唯一有可能的时间是九点到九点一刻。好的，这我也同意。那么您能否解释一下，为什么帕拉丁先生还要在书房等到十二点，等人来跟他自首呢？如您所言，蓝图已经回来了。他也清楚是谁拿了。那么他在等什么？”

希娃小姐笑了下。

“我想，您可以自己回答这个问题，弗雷先生。”

“他没有放过她？他想让她亲自自首？”

“完全正确。我想，这是他们意志间的较量，说不清谁赢了。他们都是意志坚定又固执的人。可能她最后会去承认，或者可能她觉得，既然已经归还了图纸，帕拉丁先生就不会再追究。她可能一心说服自己，侥幸地认为他其实并不知道是谁拿了图纸。”

“是的，好吧，我同意您的说法。”他安静了一会儿，“我不太记得之前我们谈话时，我说了些什么。我想再说一遍。有件事——我不知道是不是有关——”

“请说，洗耳恭听。”

“我和您说过，阿尔伯特·皮尔逊和我一直待在我房间。刚过了十一点半，我们下楼去喝了杯酒。从楼梯走到大厅，刚把前门关上时，我听到楼上另一扇门关上的声音。”

“在房子的哪一侧，弗雷先生？”

他苦笑了下。

“那一侧不可能有人会关门的。在您来之前，只有我和阿尔伯特住着。”

“所以是另一侧？”

“是的。您知道，只有我的妻子和帕拉丁小姐住在那侧。”

希娃小姐机敏地注视着他。

“当时是十一点半？”

“稍微再晚点。我不知道这是否有关。她可能刚好要下楼，听到前门的声音和脚步声后又回去了。我只是觉得应该告诉您。”

“谢谢您，弗雷先生。”

他伸展了下，似乎把身上的包袱都扔了。

“接下来做什么？”

希娃小姐咳了下。

“我很想和弗雷夫人聊一聊，希望您能在场。我想派波莉过去问她有没有时间。我们可以去我房间休息会儿，等她过来。”

他们去了希娃小姐的房间。

波莉正在浴室里擦水龙头。她被派去邀请弗雷夫人时，希娃小姐按自己的喜好摆放了三张椅子，然后问艾略特：“弗雷先生，当您过去说晚安时，您都和帕拉丁先生说了些什么，他又和您说了些什么？您还记得吗？”

她感觉他微微僵了下。

“没什么值得提的。”

她挑了一把直立的椅子坐下，背对着台灯安详地织起裤袜。艾略特和菲莉达将会面对着彼此和希娃小姐。希娃小姐温柔地笑着。

“可能会有用，弗雷先生。我很想知道，帕拉丁先生见到您时，都说了些什么。有没有一种他在等谁的感觉？”

“那会儿太早了——进进出出的。如果您很想知道，那么，他问我是不是来自首的，然后就让我出去，因为他没时间告诉我，我有多傻。那会儿就让我觉得他很自得其乐。”

希娃小姐露出一副很感兴趣的样子，但没有再说什么。她敲了敲银针。深灰色裤袜现在已经织了八九英寸了。她从篮子里拿出另一团毛线接上。

菲莉达叩了叩门，得到了希娃小姐热情的回应：“请进！”她关上门，走进屋子才发现艾略特坐在壁炉旁。波莉的喃喃自语和她想说的话都不见了，满脸通红地呆立着。希娃小姐亲切地招呼：

“过来坐吧，弗雷夫人。我不会耽误您太久的。”

菲莉达面对着希娃小姐坐下，不过还是能看到艾略特。他没有说话，直接忽视了为他准备的椅子，只是站在那儿看着。奇怪的是，这反而让她安心了不少。

希娃小姐和蔼可亲地问她：

“弗雷夫人，周三晚上您为什么要从卧室另一侧的门离开书房呢？”

菲莉达惊呼了声“啊”，一时说不出话来。

艾略特忍不住大笑起来。

“别这样，菲尔——谁也不会怀疑你会犯罪的。你只是在门内外留下了指纹。”

她看了看艾略特，又看了看希娃小姐，有些不知所措。

“我——我只是从那边出去。”

“是不是因为当时有别人在门外？所以帕拉丁先生让您从另一侧出去？”

菲莉达又忍不住惊呼了声“啊”。

希娃小姐向她靠近了些。

“我是这么想的，如果我说错的话，您可以随时指出来。我想您应该知道来者是谁。您去了那个黑暗的房间——那扇门那边没有开关，您没法立刻就走了。所以您在离开前肯定待了一会儿，那时候您离书房很近，应该可以听到来人自报姓名或者通过声音来判断来者是谁。是吗？”

菲莉达脸涨得通红，沉默着。

“弗雷夫人，很抱歉让您为难了，但您最好能告诉我您知道些什么。这回，马克·帕拉丁先生有很大嫌疑。”

“马克？啊——不是马克——”

希娃小姐点了点头。

“马克先生确实回去过，但他是十一点前到的。”

菲莉达瞪大了双眼，一脸迷惑。

“不是马克。我是十点半回屋的。”

“您能告诉我们是谁吗，弗雷夫人？”

菲莉达求助地看着艾略特。

“说吧，菲尔。”

她喃喃道：

“是弗兰克。”

“弗兰克·安布罗斯先生？”

“是的。”

“您能告诉我们都听到了些什么吗？您肯定听到了些什么，对吧？”

菲莉达像个孩子似的，双手无意识地捧着脸颊。

“是的。詹姆斯叔叔问：‘你好，弗兰克——来自首？’然后弗兰克说了些什么，但我没有听见。我不想听，我只想离开。”

希娃小姐敲了敲银针。

“这是自然，弗雷夫人。”

艾略特惊愕道：

“弗兰克？我真是不敢相信。”

希娃小姐咳了下。

“弗雷先生，您的意思是，您不相信安布罗斯先生是背叛者。您是质疑弗雷夫人的笔录吗？”

“没有，我说过，菲尔不会撒谎的。她办不到，这没有任何好处。她只是尽最大努力坚持真相。”

菲莉达抗议地叫了声：“艾略特！”然后转向希娃小姐，“希娃小姐，拜托，这说明不了什么，真的不能说明。我的意思是，詹姆斯叔叔这么说，是因为他也和我说了同样的话——关于自首，您知道的。我敲门，他说：‘请进！’我问能不能和他聊聊，然后他说，‘进来坐。’然后他又说，‘好的，菲莉达——你是来自首的吗？’——就是这样。所以，显而易见，这说明不了什么。拜托，别觉得这有什么。”

“他和我也说了差不多的话，”艾略特说，“‘来自首的，是吗？’他的神情有些严肃，但看起来只是在开玩笑。”

希娃小姐张了张嘴想说点什么，但又闭上了。此刻，她头脑清晰，需要集中所有注意力。等分析清楚后，她转向菲莉达，菲莉达真诚地说：

“每个人都会相信弗兰克的。他不总是很随和，但却很可靠——每个人都会信任他。要是他回来了，只会是因为他想和詹姆斯叔叔谈点事，找出不对的地方。不可能是其他情况——就是不可能。”

希娃小姐看着她，严肃而认真地说：

“毫无疑问，他可以解释是在和帕拉丁先生谈公事。我想他也会这么做的。”她收起了裤袜放回袋子里，那是埃塞尔送给她的圣诞礼物，然后站了起来。

“我想问莱恩一些事。他待会儿会很忙，所以我现在就得去找他。”她挎着袋子走到门口，搭着门把手，转头又看了下菲莉达。“请别为此为难了，弗雷夫人。”她说，“真相会让人受伤，但请相信，最后的结局总是最好的。”

第三十六章
重归于好

扫码听本章节
英文原版朗读音频

艾略特和菲莉达终于能独处了。他们都没有动，直到她抬起头来一脸困惑地看着他。

“你为什么没有写信？”

他一直靠着壁炉架，这会儿猛地站直了。

“我为什么没有写信？”

她盯着他，眼里没了忧郁，如云下的一汪池水。她不再脸红，脸色有些苍白，神情很失落。如果他不是气得说不出话，肯定会觉得她楚楚可怜。菲莉达柔弱地质问：“我以为你会写信——但你没有——”她的声音逐渐弱了下来。

“你没有拿到我的信——你的意思是这个吧？”

她微微怔了下，像是在说“不”。眼前的人变得如此冷酷，让她不寒而栗。

他接着说:“我给你写过两封信。第一封信里，我解释了梅西·戴尔的事。第二封信里，我问你有没有收到第一封信，问你我什么时候能过来看你。我约你去伯尔顿见面，因为我不想回到这里。但我得到的回复，是一封直截了当的电报——‘从此往后都不再见。就此结束。’所以，我照做了。”

菲莉达一动不动，像是坠入了深渊，浑身冰凉。她依旧凝视着艾略特，眼神无法移开。

他严厉而生气地问：

“你这么看着是什么意思？”

她的双唇抽动着。

“我没有拿到信。”她停顿了下，“我也没有发过电报。”

他的脸一下子阴沉下来，僵局被打破。她害怕得颤抖起来，捂住脸，发出可怜的喘息声。

“不！啊，别这样！我没有拿到信——真的没有。”

他一把抓住她的手腕，把她拉了起来。面对着他，刚刚让她恐惧的表情消失了。他极力控制着自己，温柔地说：

“别犯傻了，孩子——除非你想让我打你。你以为我是对你生气吗？我们必须解决这件事。如果你能振作起来，好好听我说话，我会告诉你我在你没有拿到的信里都写了些什么。可以吗？”

他紧紧握着她的手腕，几乎要捏碎了。她感到前所未有的安全感，她被这种感觉紧紧包围着。她肯定地说：

“可以。”

艾略特放她坐下，拉过希娃小姐的椅子，面对着她坐下。

“你现在好点了吗？”

她点点头。

“是的。我真傻。”

“你说过了！好，不要再相互指责了。现在听我说！回到那次车祸的事，那时候我走，是因为我怕我会杀人。我脾气暴躁——你也知道，它时常占上风，但那次没有。我仅剩的理智支撑我走了出去。我回到伦敦，冷静了点，就坐下来给你写信。我现在就把所有事告诉你。其实没什么大不了的。我不是以此为傲，但确实不是你听到的那样。我可以告诉你真正发生了什么事，但我无法保证你能相信。我只能说——有一些我可以证明，但要是没有证据，你就不相信的话，我也没有办法，完全取决于我们俩。”

他期待着她的回应。

菲莉达抬头看着他说：

“我会相信你——”

“好的，事情是这样。在我们结婚前的那个6月——那会儿我们还不认识，得从那时候说起。直到9月，帕拉丁先生突然邀我进餐，我并不了解原因，但那是我们美好的初遇。我一直努力工作，没什么时间关注别的。卡多根说我工作太累了，命令我立刻休息一周。我碰到一个之前认识的家伙，他也刚好休假，于是邀请我去河边参加周末派对。不过后来我们阴差阳错地去了一个路边的房子——他、我，还有一群姑娘——桃瑞丝和他一起，梅西和我一块儿。那次聚会很嘈杂，玩到很晚，走的时候就匆忙了些，梅西和我也没有多想。她是那种在外面怎么玩也玩不够的女孩儿。她很年轻，也活力四射。她是个好人……仅此而已。我当时有点醉了——我说不清之后发生的事是不是和这有关。我不太能喝酒，反应力可能因此受了些影响——我也不清楚。不管怎么说，我们出了车祸。一辆卡车从路边冲出来，我躲闪不及，翻车了。车没事，但梅西被撞到了地上。我们赶紧把她带到最近的医院，报上了姓名和地址。还好梅西没什么大碍，警察做完笔录后，我们就走了，我把她送回家。对我而言，故事就到此为止。”

菲莉达双唇微启，轻轻喘了口气，但没有说话。她的目光一直停留在他脸上。

他耸了耸肩，继续说：

“好的——我来说说剩下的事。接下去的三个月相安无事。你我相遇，我陷入了爱情里。9月底，我到这儿，确信对你是认真的，整颗心飘飘然。然后，我碰见了桃瑞丝——另一个女孩儿。她当时和我一个认识的家伙在吃饭——不是之前那个。我过去打了声招呼。她咬牙切齿地质问我，为什么对梅西做了那样的事后，还有脸过来打招呼。我很疑惑，她口中的我做了什么。她反问我，难道我自己不清楚。我说我不清楚。她冷静了会儿，然后说我最好自己过去看一下。于是我去了。她瘫痪了——车祸后，她的脊椎出了问题。刚开始她没注意，没想到越来越严重。我问她为什么没有告诉我，她说不是我的错，没必要让我知道。我告诉她，她有权向我提出索赔，我有保险，会处理好。我请了个律师，她也拿到了赔偿。我去看过她一两次，她很感激，也很坚强。她和桃瑞丝住在一起，每次我都和桃瑞丝一起进出。我承担了一部分房租。她没什么亲人，只想待在那儿。她说姑娘们来了又走了，她宁愿死在这儿也不愿意去医院。于是我和桃瑞丝谈妥了。”

菲莉达又急促地喘了下，说了句：

“艾略特——”

他皱着眉头看着她。

“你看，帕拉丁小姐和你说我给梅西付了房租，这没错。她说在我们蜜月后，我去看过她，这也没错。我确实做了，我只是在想，她是怎么知道的。”

菲莉达舔了舔干涩的嘴唇。

“克兰斯顿夫人写信告诉她的——关于那场车祸。当她得知我们要结婚时，写了封信过来。信件晚了几天——我们离开之后才送到。”

“克兰斯顿？我记得——那家医院的人……长了副马脸——”

菲莉达点点头。

“她认为她有义务说出来。她一向如此。我小时候常常在她身后吐舌头，然后上床睡觉时都会觉得非常邪恶。”

艾略特依然眉头紧锁。

“克兰斯顿夫人说了车祸的事。那么谁告诉她我付了房租，然后在节礼日去看望过梅西呢？她请了侦探？”

菲莉达的脸红到了耳根。她低下头，只听艾略特嘲笑道：

“我猜就是这样！现在，菲尔，不要脸红了，听着！你必须正视这件事。你可能万般不情愿，但事实如此。如果帕拉丁小姐派了侦探去调查梅西，从克兰斯顿夫人那儿拿到地址——警察问话的时候，克兰斯顿夫人也在场。他不可能发现了房租的事，却没发现梅西是个瘸子。既然他受雇于帕拉丁小姐，肯定会将搜集到的信息全盘托出。换言之，菲尔，她知道自己在向你撒谎。她想要拆散我们，抓住了这个机会，也没有比这更好的机会了。你相信了她，我甩手出门正中她下怀。然后她看了我的信，藏了起来，给我发了一封电报，说你再也不想见我或类似的话，把一切断得干干净净。如果下定决心不择手段，不在乎一切，那就很容易了。她不在乎。希娃小姐会告诉你她拿了我的蓝图，而且她是对的——真该死，她是对的。为了得到想要的，她费尽心机。她想要你。为了留住你，把我赶走，她可以不择手段。"

红潮退去，菲莉达脸色苍白，怯怯地说：

"艾略特——"

"听着，菲尔——她有没有让你离婚？"

菲莉达摇了摇头。

"那么，你没看出来吗？她心里很清楚，她没有证据。再者，她也不想你回归单身，因为那样你可能还会和其他人结婚，她只想完完全全占有你。"

"艾略特——拜托——"

"难道不是吗？你知道，事实如此！"

她看着他。

"是——"

他一把把她拉了过来。

“那么现在该怎么办？我和她不可能同时拥有你。她就是这样做的。她拿走了一切，摧毁了一切——无法再回头了。你要么是我的妻子，要么是她的女儿，不可能两者兼得。但这不是你的错。是她逼你做抉择。”

“艾略特——”

他冷笑道：

“我们这样不会有任何结果！”他松开了手，后退了一步。“我可以求你选我。我知道，你也知道。但我不能这么做——我甚至不会碰你。你得自己做选择。如果你需要时间考虑，不管多久都可以。”

“我不需要时间——”她喃喃道。

“那好，选吧！”

房间里很安静。过了很久，菲莉达不安地说：

“听起来，你很生气——”

“我确实很生气。”

又一阵沉默。“梅西漂亮吗？”

“不！”他不耐烦地脱口而出。

菲莉达说：

“看起来，你很讨厌我。是吗？”

“也许吧。”他的脸抽搐了下，伸手把她搂在怀里，“别像个傻瓜一样，菲尔！”

第三十七章
莱恩的证词

希娃小姐快步走向餐厅，莱恩正在铺设餐桌。她轻轻咳了下，引起了莱恩的注意，直起身子向她走来。

“有什么我能帮忙的吗，女士？”

“谢谢您，莱恩，我想占用您一点时间问一两个问题。您应该知道，马克·帕拉丁先生委托我调查他叔叔去世的一些情况。”

“乐意效劳，女士。”

“我想知道，周三晚上您是几点把喝的拿进书房的呢？”

莱恩看起来有些忧虑。

“我不知道怎么说——不确定，女士。只能说，过了九点四十五分，但还不到十点。”

“平时也是这个时间吗？”

“不，女士。一般是十点，但如果帕拉丁先生希望早点，他会按铃的。周三晚上九点四十五分时他按了铃。我刚送走安布罗斯先生一家，我夫人告诉我铃响了。”

“谢谢。”希娃小姐接着问，“当您进去的时候，帕拉丁先生是一个人吗？”

“怎么了，不是的，女士。”

希娃小姐充满期待。

“真的？请告诉我，谁和他在一起？”

“女士，是皮尔逊先生，但我不想误导。当我拿着盘子从大厅的门穿过时，他才刚刚进去。”

“他看见你了吗？”

“应该没有。他进去的时候，我刚好过来。”

“他关门了吗？”

“还没来得及，女士。他想关门前，一定听到我过来的声音了。”

“您听见他和帕拉丁先生说了什么，或帕拉丁先生和他说了什么吗？”

莱恩表情更加忧虑了。

“我不太想说。”

希娃小姐坚定地看着他。

“您服侍帕拉丁先生已经很多年了吧？”

“是的，女士。”

“他被谋杀了。”

莱恩手里的玻璃酒杯猛地晃动起来，他赶紧按住。

希娃小姐循循善诱道：

“无辜的人在被怀疑。只有一个罪人，我想找出来。这屋子里，所有人都知道些重要信息。只要每个人都能如实告诉我，就能排除那些无辜的人了。是皮尔逊先生说了什么，或者帕拉丁先生？”

他转身把酒杯放下，低着头，低声说了句：

“是帕拉丁先生。”

“您听见他说什么了吗？”

“是的，女士。”

“能告诉我您听到了什么吗？”

“女士——”

“嗯，莱恩？希望您能如实相告。”

莱恩不情愿地说：“帕拉丁先生说——女士，他说：‘你好，阿尔伯特，你是来自首的吗？’但别误会，这只是帕拉丁先生的一个玩笑。服侍了他这么多年，我并不认为这意味着什么。帕拉丁先生一向这么说话——听起来好像很生气，但无时无刻不在嘲讽。我告诉您他说了什么，但我不想造成什么误导。”

希娃小姐咳了下。

“您没有误导。您在书房待了多久呢？”

“我放下盘子就下去了。”

“在您做这些的时候，皮尔逊先生在哪里？”

“他站在门边候着，女士。他看起来不太开心，似乎还不习惯帕拉丁先生开玩笑的方式。我第一次来怡水别墅时，对此也是大吃一惊。要是不清楚帕拉丁先生的行事作风，肯定会觉得出乎意料的。”

希娃小姐笑了笑。

“我完全能理解。如果我告诉您，帕拉丁先生当晚和弗雷夫人也说过类似的话，我想您应该会安心些。”

莱恩看起来释然多了。

“那么毋庸置疑，就是个笑话了，女士。帕拉丁先生十分疼爱弗雷夫人。”

希娃小姐点点头。

“是的，莱恩，就这些吗？您走出书房后，皮尔逊先生和帕拉丁先生单独待着？”

“其实可以这么说，女士。事实上，皮尔逊先生是在我走之前就打算告辞的，不过我出去的时候，帕拉丁先生又把他喊了回去。我自然听到了他们的谈话。他说：‘别把那封信寄给路易斯——我可能还要改一下。我会再找时间和你见面的。’皮尔逊先生说了晚安后就关门出去了。”

第三十八章
动机

从餐厅出来，希娃小姐看到马克·帕拉丁如游魂般从楼梯上下来。他满脑子填充着痛苦的想法，要不是希娃小姐清晰地喊了他一声“马克先生”，他恐怕即使从她身边经过都不会注意到有人。他的思绪被打断了，回过头，眼神迷离地朝她的方向望了会儿，走了过来。

“噢——希娃小姐！您找我吗？”

“耽误您一会儿，可以吗？”

他犹豫了下，想起警察现在在书房，于是打开大厅左手边的第一扇门，把她带到了台球室。房间很大，百叶窗半拉着，由于没有新鲜空气流入而显得有些闷热。希娃小姐觉得这个房间不错，要是能开扇窗就再好不过了。但此刻不是说这个的时候，她得全神贯注于手头的事。还没来得及开口，马克低沉而阴郁地问了句：

“那么——他们是不是要逮捕我？”

“您很容易下结论吗？”

“倒不是。只是看不出还能有什么转机。现在唯一的问题不过是餐前还是餐后而已。我叔叔的律师，哈里森先生下午两点半会过来开保险箱，他们估计会等到那个时候，尽管我也说不上原因。我只知道，他在保险箱里放了些私人文件，还有我阿姨的钻石。”

希娃小姐饶有兴趣地问：

“就是画像里佩戴的那些吗？”

他们还站着。马克靠着台球桌的近端，双手深深地插在口袋里，点了点头。

“就是那些。她去世后就没人戴过了。按理应该存放在银行的，不过我叔叔想放在手边，不时拿出来欣赏。有一晚，他拿出来给我看，说了关于钻石的所有事——他买时付了多少钱，已经升值了多少，还有克拉拉阿姨戴着时是多么优雅。”

希娃小姐轻轻咳了下，强调了下刚刚马克先生提到的价值。

“一定价值连城吧，马克先生？”

“我想是的——”他淡淡地回答，有些疲惫。

希娃小姐又咳了下。

“那是留给谁的呢？”

“理查德和我。”

希娃小姐若有所思道：

“它们将做遗嘱认证。您会反对早期的估价吗？”

“我？怎么会？我对此一点儿兴趣也没有。”

她犹豫了一下。

“那么，当保险柜打开时，您不会反对资产评估师在场吧？”

她看到他脸色变了，像第一次见面时，盯着她思考。

“为什么？”他似乎受到了惊吓。

她严肃地说：

“帕拉丁先生被谋杀了。我不太确定凶手背后的动机。”

“我记得您说过，艾略特的蓝图被偷了。”

“是的——但又还回去了。唯一可能的时间是九点到九点一刻，而唯一有机会做的人是帕拉丁小姐，所以我认为是帕拉丁小姐拿了蓝图。但我不知道她后来是不是又回去，把她哥哥推了下去。”

马克抽出双手，站得笔直。

“您说什么？动机是——”

“她想要永远拆散弗雷夫妇。她寄希望通过丢失蓝图来达到这个目的。我想这很容易。她最大的愿望就是阻止弗雷夫妇复合。”

马克一脸惊恐地看着她，仅仅是惊恐，并非怀疑，但更多的是不愿意相信。他拿出手帕，擦了擦额头的汗，语气充满不确定。

“她——做的？”

“我说过，我不知道。她有很强的作案动机。她哥哥知道她做了些什么——要是他想，他可以毁了她在这个家的威严。您知道这对她来说意味着什么。”

马克惊呼：“天哪，不！太可怕了！她不可能这么做的！”

希娃小姐同情地瞥了他一眼。

“那我们就要找出其他人的动机。您能告诉我，周三晚上您在书房时，帕拉丁先生和您说了些什么吗？”

他先是一脸震惊，然后严肃起来，最后有些释然。

“您的意思是？”

“我想知道他见您时都说了些什么。”

马克皱了皱眉头。刚有点理解，现在又开始困惑了。他的脸抽搐了下。

“您是怎么知道的？”

希娃小姐笑了笑。

“他对那晚去找他的其他三个人说过同样的话。我很好奇，他是不是也对您说过。现在，您能告诉我他说了什么吗？”

马克退后了一步，紧紧抓着桌沿。

“他问我，是不是来自首的。”

希娃小姐笑容满面。

“正如我想。他对皮尔逊先生、弗雷夫妇分别说了同样的话。”

“什么？”

希娃小姐咳了下。

“据弗雷先生所说，帕拉丁先生很享受他所创造的这个局面。对一个具有讽刺心性的人来说，看别人怎么回答这个问题很有乐趣。他先是很严肃地看着你们，说其中有人背叛了家族利益。他清楚地知道谁拿了蓝图，但在场只有一个人心知肚明。我相信那个人就是帕拉丁小姐。而其他人猜不透他的意思——他们只能揣测。不幸的是，大部分人都隐藏了些什么。那是心底的隐私，有困境、过失、失败、罪过，无法曝光。帕拉丁先生针对犯人的指控反而震惊了其他人，让他们仓促考问反省自己的内心。我想周三那晚很多人都去了书房。您也去坦白了，对吗？想必您得到了谅解。但假设，马克先生，其中有人一旦坦白，人设就不可避免会坍塌呢？之所以这么假设，是因为我们按这个思路就能找到其他动机，凶手的动机。这就是为什么我要说，我们必须查明是不是有别人有这种动机——别人，除了帕拉丁小姐之外。我们已经知道了帕拉丁小姐的动机。如果她并没有谋杀她的哥哥，那么一定有其他人有同样或者更强的动机。要找出凶手，就得先找出动机。可能不存在——可能没有其他动机。不过事实上，那么多价值连城的钻石被存放在这间屋子里，很可能是个线索。既然我们要考虑所有可能性，那么我建议，应该由专业人士来检查这些珠宝。您是否知道，是不是有一个详细的清单，帕拉丁先生有可能会放在哪里？”

马克依然心不在焉地回道：

“保险箱里有一个清单。我倒不认为会丢什么东西。我叔叔总是拿出来看——他喜欢触摸它们的感觉。如果您希望的话，我们可以请评估师过来，但估计也发现不了什么问题。您还是再想想别的可能性吧，而警察也只会怀疑我。一旦哈里森告诉他们我叔叔在遗嘱中将大部分财产都分配给了我，就会立马逮捕我。我大概拿到了四分之三——詹姆斯叔叔想让我支撑这个家。这正是警察想要的动机——为了一大笔钱，直截了当地谋杀。一旦他们问哈里森遗嘱里面的条约，我的谋杀罪名就成立了。他们可能会在逮捕之前让我先打开保险箱，那几乎就是捆绑我的绳索。现在是十二点半——哈里森两点半就会到这儿，我还有两小时。对于怎么处理，您还有什么建议吗？”

希娃小姐觉得他在说笑，尽管一般不会这么苦涩地开玩笑。她笑着建议：

“我觉得，如果您能和彭宁顿小姐谈谈这个问题，会好受些。”

第三十九章 求婚

接下去的半小时，希娃小姐十分忙碌。和博斯托克上校以及瓦伊纳警官在书房待了十分钟后，她回到自己的房间，发现已经没人了。波莉·帕森斯过来，被问了几个问题后就抽泣起来，承认了些无关紧要的趣事。她让波莉擦干眼泪，保持沉默，重新传唤了路易莎。波莉倒是很乐意，一路红着眼离开了。

马克一个人留在台球室，漫无目的地站了会儿。他满脑子都是希娃小姐最后的那个建议。如果将逮捕他，那么他还剩宝贵的半小时去见莉迪亚。之后便是午餐时间，然后警察就会回来——如果他们有打算离开的话。哈里森赶到之时，一切即将爆发。

莉迪亚这会儿在梅多克罗夫特。通常情况下，要是走步行桥那条路的话，大概要七分钟。快的话，五分钟就行了。从前门走出去，他沿着陡峭的悬崖小径一路小跑。

梅多克罗夫特位于河对岸的田间——改造后的农舍温暖而舒适。他总觉得弗兰克和艾琳浪费了这么好的自然资源，居然搭配了扎眼的现代家具。

他进去的时候不再想着家具的事了。如果莉迪亚不在餐厅，他就会打铃，然后告诉她有话想说。任何人都有权做他们喜欢的事情。他必须在失去自由前再见她一次。

他穿过无人的大厅，打开餐厅门，一眼看到不远处，迪基把手搭在莉迪亚的肩膀上，低头正打算亲吻她。要是换作其他时间，这肯定会让他却步，但现在不行。他大步走进来，关上了门，径直来到火炉前。

迪基打了声招呼："你好，马克！"然后又说了句，"我待会儿就走。"

说了和没说一样。就马克而言，一个字也没听进去。莉迪亚看起来有些茫然，她笑着，喃喃地说了些什么，又沉默了。迪基走了。

门关上了，马克靠着壁炉架，盯着火苗。自他第一眼看到她抬起头接受迪基的亲吻后，就再也没看过莉迪亚。他来这里是为了见她，但现在他已经在这儿了，却不敢正视她。他们俩之间要说的太多，现在却沉默了。她会嫁给迪基，过上幸福的生活。这个家的人一直都是这么计划的。

莉迪亚的声音将他从沉思中拉了回来。

"马克——怎么了？"

他没有抬头："我想见你。"他的眉毛绝望地堆在一起。现在说这些又有什么意义呢？来这儿的冲动，在说出这句话时耗尽了最后的精力。现在没有余地了，他精疲力竭。

莉迪亚依旧风趣：

"亲爱的，如果你想见我，就这么盯着火苗看是没用的。你看错方向了。"

他直起了身子，低头看着她，发现她脸色十分苍白。他结结巴巴地说：

"你看起来怎么这个样子？"

"什么样子？"

"苍白。"

"亲爱的，好气色都是化妆品的功劳。葬礼前是不能化妆的——至少，我觉得应该如此。"

"哦——"他心不在焉。

"马克，为什么过来呢？"

"我想他们会逮捕我。我想再见你一次。"

"为什么他们会逮捕你？"

"我告诉过你，我回去过。我把一本口袋笔记本落在了书桌上——就是格雷斯阿姨给我的那本，现在被认出来了。我和他一直待到了十一点半，而他是在十二点去世的。我会继承他死后大部分遗产。他们肯定会逮捕我。除此之外，我不知道他们还能做什么。"

"你为什么回去？"

“我想离开，离开公司，离开伯尔顿。我之前和他提过，吵了一架不欢而散。我想我应该再试一次。我告诉了他我想离开的原因。他同意了，如果一个月后我还是坚持要走的话，他会尽他所能。”

“你把这个告诉警察了？”

“差不多。”

“你和他们说了离开的理由吗？”

“没有。”

“那你愿意告诉我吗？”

他摇了摇头。

“不了，现在不重要了。我来只是——道别——”

他痛苦得再也挤不出一个字。莉迪亚看着他，目光又移开。她看着火苗，闪烁着、跳跃着，令人眼花缭乱。她不记得上次是什么时候哭的，但她现在止不住泪水了。她恼火道：

“别傻了！为什么要道别？”

“我说过了。我要走了。我不想见其他人。你会和迪基结婚吧？”

她突然涨红了脸，看着他说：

“我为什么会？”

“我进来时，他正打算亲你。”

“亲爱的，要是我和每个亲我的人都结婚的话，我早就要进监狱了。这是不可能的事。”

“那他为什么要亲你？”

莉迪亚的眼神如婴儿般纯洁。微微的湿气让火焰更加耀眼，泛起更深的绿光。

“你真的想知道吗？”

“是的。”

她温和地低语：

“我答应做他的表妹。”

“什么！”

她点点头，黑色的睫毛掩盖着闪闪发光的绿色瞳孔。

“他刚刚最后一次摊牌。他说他已经向我求了十一次婚了，不介意再求一次，如果我还是不答应，那么他就彻底罢休了。他很喜欢黛西·卡特，觉得他们在一起会很幸福，但还是要再问我一次。所以，我回他：‘好的，亲爱的，答案是不。’这个吻差不多是告别。没有心碎，黛西会让他得到卡特的钱袋子的。”

“你不打算嫁给他？”

睫毛又扑闪了下。

“你的反应有点慢，不是吗，亲爱的？”她走近，踮起脚尖，抬起脸。

“你爱我，对吗？”

“是的。”

“很爱？”

“很爱。”

“多久了？”

“一直。”

“这就是为什么你想离开？”

“我以为你会嫁给迪基——我受不了。”

“你从没想过问问我吗？你好像一直在克制着什么。你可以向迪基讨教讨教该怎么做，其实很容易。”

他呆呆地看着她，一言不发。她伸出手臂勾着他的脖子，又哭又笑。

“试一试，亲爱的！”

第四十章
无情的争吵

十分钟后，艾琳打开门，惊呼了声“啊”，不知道是该离开还是留下。只见莉迪亚紧紧抓着马克刚从她腰间移开的胳膊，羞涩地看着她。

“没事——我们订婚了。过来和我说‘上帝保佑，我的孩子’吧。我要和马克一起回怡水别墅共进午餐，所以不用为我准备吃的了。快祝福我们吧，时间不早了，你也知道格雷斯阿姨可不喜欢别人迟到。”

艾琳盯着他们，屏住呼吸，说了句有史以来最失态的话。

“我以为是迪基！”

“不是迪基，”莉迪亚轻快地回答，“马克才是，但他不知道。亲爱的，你可以在吃西米布丁时消化一下。我不会再回来了，所以你有的是时间。”

当他们踏进怡水别墅，午餐已经开始一会儿了。格雷斯·帕拉丁微微抬了下眉毛，莱恩在马克旁边加了个位子，午餐继续。

就在递蔬菜的时候，帕拉丁小姐低声询问："路易莎在哪儿？"答复同样十分低沉：

"她不太舒服，夫人。"在土豆盘下面的手微微颤抖着。

她又抬了下眉毛。

谁也不想延长吃饭的时间，但由于路易莎不在，午餐被拖延了。菲莉达和艾略特·弗雷被安排在桌子的两头。艾略特低头专心吃着面前的食物，对话只局限于旁边的马克，不过马克不止一次地答非所问。菲莉达盯着盘子。她气色很好，嘴角时不时地扯出一个微笑。格雷斯·帕拉丁不巧看到了一次，怔了下，放下了刀叉。

马克和莉迪亚坐在一块儿。他们虽然没有看着对方，但都用心感受着对方的温度，体验着前所未有的幸福感，即使这种感觉随时可能消失。众所周知，马克一向很安静。要不是其他人都全神贯注在自己的事上，肯定会发现莉迪亚居然也没有开口说话。只有希娃小姐看起来十分自在。她愉快地和阿尔伯特·皮尔逊交谈着，之前他都没怎么说话。

用餐结束，大家都松了口气。马克去打电话。莉迪亚和菲莉达离开了房间。希娃小姐、阿尔伯特和艾略特·弗雷跟着出来了，这时帕拉丁小姐走到窗边，回头直接喊住了艾略特：

"你留一下，我有话要和你说。"

他关上门，等着。

"怎么了，帕拉丁小姐？"

“我想知道，你打算什么时候离开。”

他脸色铁青。

“我是受帕拉丁先生的邀请过来的，是他迫切地邀请我来。现在这是马克家。我可能会待到葬礼结束。这样够了吗？”

“不行。我要你现在就离开。这里不欢迎你。”

“我不是您的宾客，帕拉丁小姐。”

她的脸一向苍白，这会儿怒气烧红了脸。

“你难道不为菲莉达想想？”

“您想过吗？”

“真无礼。”

艾略特哈哈大笑。

“恐怕没有两全的办法。如果我们以礼相待，您就不会要把我赶出马克的房子了。如果我们随心所欲，想说什么说什么，我打赌也是同样的结果。您想听吗？或者我们还是回归客人和主人的位置？”

她怒火中烧，走到门边，突然一个转身，站在侧柱旁。此刻，又恢复了昔日的苍白。

“你想说什么？”

他们之间隔了一个手臂不到的距离。对艾略特来说，实在太近了。他气不打一处来，退到桌子边，确定距离安全后，不屑地说:

“您不会想听的。”

“你想说什么？”

他站在那儿，静静地盯着她看了会儿。她脸上的皱纹更深了，每个肌肉都紧绷着，双眼怒视着他。他缓缓道：

“您心里有数。您想把菲莉达占为己有，想尽办法拆散我们，而且自以为成功了。您很清楚，对她说的那些都是谎话。您不可能明明知道我在帮助梅西，却不知道她是个瘸子。您拦下了我写给我妻子的信件——却以她的名义给我发了封伪造的电报，你以为所有事全在自己的掌控中。然后我因为公事来到这儿，您不愿意适可而止。如果可以的话，您还想继续赢下去——我不知道。您想到如果我丢失了蓝图，那么与这个家业务关系的破裂必然会导致私人关系的破裂。您听到了些什么我不得而知。帕拉丁先生可能提起过蓝图，或者迪基告诉过您，帕拉丁先生把蓝图带回了家——可能是迪基。不管怎么说，您拿走了蓝图。我不太清楚，帕拉丁先生是怎么知道是您拿走的，但他料事如神。他让我过来并留下。他在晚餐时扔了个炸弹，您清楚不可能逃过这一劫。在我们离开餐厅前，您把蓝图放了回去——您上楼去取给姑娘们的礼物时，有了机会。您没见到您哥哥——他还在餐厅。您后来又去见他了吗？我和阿尔伯特十一点半左右下楼，我听到楼上有关门声。您是不是正打算下楼去见他？如果是的话，您会听到我们穿过大厅的声音——您可以先回去，等到我们离开后再下来。您后来下来了吗？”

她站在那儿听着，等他说完，平静地问了一句：

“就这些？”

“还不够？”

她僵硬地转过身，走出了房间。

第四十一章
苍白的解释

扫码听本章节
英文原版朗读音频

波莉推开帕拉丁小姐的客厅门，看见她背对着坐在书桌旁。格雷斯·帕拉丁没有回头。

“是你吗，路易莎？”

“不，是我，夫人。”

“路易莎呢？”

“她不舒服，夫人。”

帕拉丁小姐手里拿着一支笔，但什么也没有写。笔尖已经干了，面前的纸上一片空白。她心不在焉地说：

“对——我忘了——”顿了会儿，又说，“去把弗雷夫人叫上来。如果她在客厅的话，到门口问她能不能和你聊一下。等她走出来，再把我的话传达给她。记住了吗？”

“嗯，记住了，夫人。”

“很好。”

她没有回头，也没有看波莉一眼。她就那样坐着，拿着一支笔，却什么也没有写。她身体僵硬，一动不动。她的头脑从未如此清晰过，意志从未如此坚定过。在此深处，是如冰般的愤怒。有生以来，还没有谁像艾略特刚刚那样和她说话过。她感到从未有过的决心和力量。

门开了，菲莉达走了进来。她转过头，努力挤出一副笑脸。

“亲爱的——我有打扰到你吗？”

菲莉达轻柔而颤巍巍地说：“没有，格雷斯阿姨。”她一脸苦恼。

格雷斯·帕拉丁语速很快：

“怎么了，菲尔？是他困扰你了吗？”

“啊，没有。”

“我想他有。我正想和你说这件事，亲爱的。不能再这样下去了。这是你最苦恼的事——也是我们最苦恼的。上帝啊，我们已经承受了太多，不要再这么对我们了。”她从宽松的袖子里掏出一块手帕，在眼睛上擦了擦，手微微颤抖着。

菲莉达急忙安慰道：“别，格雷斯阿姨——”

手放了下来，她双手合在一起，仍紧紧捏着手帕。

“请原谅，亲爱的——这一切太突然了。我没想到，连艾略特都选在这个时候让我更难堪。”

菲莉达一言不发。该说些什么？不知道。她呆呆地看着格雷斯·帕拉丁，像是看着梦中的景象——都不是真实的。

格雷斯·帕拉丁站了起来，向她走去。

“如果他无礼的行为只影响了我，那我还能忍受，但我不能也不会让你去面对。我让他离开——为你着想，亲爱的——他却跟我说，他是马克的客人，不是我的，所以我必须和马克谈谈。但在此之前，我想先告诉你。我不想让你觉得，我在你背后动了手脚。”

菲莉达打了个寒噤。如果这是梦，那可以清醒了。如果这不是梦，那必须得面对。她鼓起勇气说：

“别，格雷斯阿姨——这样不好——”

“你这是什么意思，菲尔？”

菲莉达不敢直视。

“这样不好。我明白。您为什么要这么做？”

如果此刻她看看格雷斯·帕拉丁的话，就会发现她眼里氤氲着怒气，脸颊泛起了怒晕。她打算战斗，她志在必得。她散发出战斗者应有的光芒，尽可能温柔地说：

“菲尔，亲爱的，你是什么意思？你不想告诉我吗？是不是他说了些什么？如果是的话，我想你最好能告诉我。”

菲莉达抬头看了一眼，又赶忙躲开。她没办法直面格雷斯·帕拉丁脸上流露出的情感。那意味着爱和庇佑，意味着同情、温柔和呵护。她无法直视，喃喃道：

“拜托了，格雷斯阿姨——”

突然不知道哪里来的勇气，走投无路时，自然而然注入了那娇小的身躯。

“是的，我要告诉您——我必须说。艾略特和我谈过。我知道他给我写过信——两次。我也知道了信里的内容。我没有看到，我知道原因。我知道关于梅西的所有事。”

“你知道他和你说了些什么。”

“是的。”

“亲爱的，那你有没有想过，他和你说的是不是事实呢？你觉得男人对这种事会说实话？他已经厌倦了那个姑娘——我想她应该是病了——而他想要你回到他身边。为什么不呢？你年轻、漂亮，你将继承詹姆斯叔叔一笔可观的遗产。他自然希望你能回心转意。”

菲莉达平静地说：

“您说梅西病了。您难道不知道她瘫痪了好几个月吗？”

“这是他和你说的？你相信他？啊，亲爱的，你还要让他再伤你一次吗？他现在想要你回头——要是你像那个可怜的姑娘一样病了的话，他还会这样？他抛弃了她——还不知廉耻地过来告诉你这些。你还能相信什么？我想那个姑娘以为自己能拿到什么。你又会因此得到什么？”

菲莉达抬起头，眼里是化不开的忧伤。

“别这样。事情不是这样的——我想您清楚，事情不是这样的。我们彼此相爱。您不能再让我们分开。”

一阵静默。格雷斯·帕拉丁话里含着深深的悲哀：

“是这样吗？”

又一阵静默。

格雷斯·帕拉丁转过身，过了好一会儿才开口：

“我想让你明白。你会听我的吗，菲尔？”语气温和。

菲莉达有些喘不过气来，心一软：

“当然。”

格雷斯·帕拉丁没有看她。她半侧着身子，低头看着桌上的文件。

“奢求别人理解是很困难的。这是年纪大的人的悲哀——他们经历了很多——有时候十分痛苦。很多时候都是自找苦吃。他们有太多期待，太容易相信，就会犯错，因为他们愚昧，因为他们认为自己知道所有事。而在这个世界上，他们最想要的，就是不让自己疼爱的孩子犯同样的错，经受同样的苦难。要是孩子不听他们的，不相信他们的，你觉得会是何种心情——只能干站在一旁，眼睁睁地看着孩子们走向深渊？”

“您不能主宰别人的人生，格雷斯阿姨，不管您有多爱他们——您必须让他们自己生活。”

格雷斯·帕拉丁转过头，苍白得吓人，但依旧保持着微笑。

“你的语气不像你了，菲尔。到这儿待会儿，亲爱的。”菲莉达走过去，她把手搭在她肩上。“听着，菲尔——这是你来到这儿后，我给你拍的第一张照片。那时候，你才十八个月。我亲自照料着你。你是最可爱的宝贝。后来，我为你找了个保姆，但大部分时候，我还是亲自为你清洗，为你穿衣打扮。这是你五岁时，我为你画的微型画。你现在还和那会儿很像。这是你上学时的第一张照片——穿着难看的运动外衣，却一脸自豪。这是你初入社交圈时穿的裙子。很漂亮的裙子，不是吗？还有很多很多，我都好好保存着，大部分都珍藏在这间屋子里。所有人都笑话我——迪基笑说这是我的菲莉达画廊。但我从来不介意。你的点点滴滴都弥足珍贵——我想要永久保存。你看，你就是我的人生。”

菲莉达嘴角动了动，似乎想说点什么，但什么也说不出来。清了清嗓子，格雷斯·帕拉丁继续说：

“这是我拥有的唯一的人生。你无法理解，对吧？我告诉你这些，亲爱的，因为我想让你知道。你一直被爱着，被呵护着，但我不是。”

“格雷斯阿姨！”

格雷斯·帕拉丁的声音低沉而平静：

“我能有现在的地位，都是我自己努力争取的。”她凝视着菲莉达的脸庞，“有人告诉过你，我也是被收养的吗？”

菲莉达震惊了。

“啊，不！”

“我想大部分人已经忘了——太久远的事了。詹姆斯的母亲丢失了一个小女孩儿，他们收养了我。我想她应该很爱我，但在我五岁时她就去世了。其他人对我也很好，但我毕竟不是他们的孩子。我下定决心要争取自己的位置。当我订婚时，我以为马上就可以达成目的了。我想你应该知道，我是和罗伯特·莫法特订婚的吧？”

“是的。”

“就在婚礼的一个月前，我发现在博斯特那儿有个女孩儿——

别人告诉我的。他没有否认，只是说一切都过去了。詹姆斯和他父亲希望我能嫁给他，他们并不觉得那算什么问题。亲爱的菲尔，我告诉你这些，不是想让你伤心，而是想让你了解，为什么我会那么对艾略特·弗雷。”

菲莉达无力地说道：

“是的，我理解。但这不一样——”

“是吗？我不觉得。我的人生支离破碎，没人像我为你这样，让我的人生好过些，没有人用爱和温柔包容我。曾经有十年可怕的空白。后来你来了，一切能重新开始，如获新生。你不能放弃你生活的一部分，除非死去。这就是为什么我留着你所有的衣服和照片。我不能割舍——这就像要我放弃部分的人生。但艾略特闯了进来。”

当提到艾略特的名字时，菲莉达觉得被压得喘不过气。她很温柔，但不傻。所有的情感、痛苦都是用来针对艾略特的武器。无法分享的情感会让人歇斯底里。她和格雷斯·帕拉丁靠得这么近，真实地感受着来自她手掌的重量，慢慢地承受不起了。但现在离开——她做不到。

格雷斯·帕拉丁好像被艾略特这个名字卡住了，顿了会儿才继续说：

“他来了——詹姆斯邀请了他。要不是我当时不在，他永远也不会有机会伤害你——我会很好地处理。但等我回来后，一切都太迟了，你们订婚了。詹姆斯是他的靠山，我永远不会原谅这一点。我不喜欢他，不相信他，但却无能为力。我希望订婚的时间能长点。詹姆斯还是站在他那边。所以一切又太迟了，你们结婚了，而我收到了艾格尼丝·克兰斯顿的信。我无法向你描述，那真是糟糕透了——太迟了。”

搭在菲莉达肩膀上的手冷冰冰的，透过裙子，清晰地感受到那份沉重和冰冷。尽管她很同情，但再也无法忍受下去了。她后退了一步。手滑落下来。格雷斯·帕拉丁的脸色渐渐阴沉。

菲莉达极力克制着颤抖。

“别这样，格雷斯阿姨，我到这儿来是有话要说。您难道不听听吗？批判已经发生的事是没有用的。我们一开始就错了，我们必须重新开始。艾略特和我打算重新开始。您呢？所有人都可以重新开始。结婚成家不是错。我的亲生母亲肯定会替我高兴——”

她本不该说这些让人伤心的话。因嫉妒而怒火中烧，菲莉达从没看过她这样——所有的克制都崩溃了，只剩狂怒，嘴唇颤抖着发出低沉而可怕的责骂。她甚至听不清，吓得浑身战栗。

格雷斯·帕拉丁怒吼了一声：“滚！”她立马飞奔出去，脑子里只有一个想法，尽快逃离她惹出来的这场风暴。

第四十二章
时间差

在楼下的书房，弗兰克·安布罗斯有气无力地回答：

“嗯，是的，我回来过。我不介意告诉您这些——早晚会被知道的。”

他坐在书桌旁，之前马克·帕拉丁也坐在那儿。希娃小姐面对着他，平静地织着裤袜。

她咳了下：

“我想也一样，安布罗斯先生。”

弗兰克·安布罗斯挺起胸，看起来了无牵挂。他庞大的身躯硬撑着保持直立，阴沉的脸色显得冷漠又疲惫不堪。

“其实很简单，只不过因为我继父的死，这个家发生的所有简单自然的事都有了嫌疑。我可以告诉您发生了什么，但没办法保证让您相信。没什么可以证明，只是没有证据的故事。我回来是因为我继父在餐桌上的那番话，让我感到非常苦恼。我越想就越觉得不能这么一走了之。我下定决心回去和他谈谈整件事。如果您问问其他认识我们的人，就会知道我们关系十分亲密，他有时候待我像儿子，有时候像朋友。我的意思是他会和我讨论一些事。这就是我回来的原因。他脾气不好，很喜欢讽刺。我不想让他做任何会永久破坏这个家庭关系的事。"

"您又回来，他是什么反应呢？"博斯托克上校问。

弗兰克·安布罗斯沉默了一会儿，说：

"我们谈了谈。我和他待了大概二十分钟，然后就走了。"

瓦伊纳抬起头，问：

"那他有告诉您，弗雷先生的蓝图丢了吗？"

又一阵沉默后，弗兰克开口：

"说了。"

"那他有说是谁拿了吗？"

"这恐怕无可奉告。"

"当然，您现在有权拒绝回答任何问题，但您所说的一切都将作为呈堂证供。您还是会被要求回答。"

"我当然知道。但现在恐怕不能告诉您更多。"

门关上后，希娃小姐感叹了句："天哪！"博斯托克上校大声地擤了下鼻涕。

"怎么看？他知道些什么？"

瓦伊纳合上了笔记本。

“毫无疑问。”

“他看起来好像一个星期没睡觉了。另外，”警察局局长转向希娃小姐，“他妻子和这无关——那个叫艾琳的姑娘。不错。这事安在年轻女人身上太肮脏了。谋杀？不可能的事。瓦伊纳会解释的。”

警官看着希娃小姐。

“我去霍尔顿医生家调查了下。屋子临街的阁楼是两个女仆住的。其中一个女仆说她十一点后朝窗外看时，看到安布罗斯夫人如她所说的那样，在走来走去。您应该记得，十二点下大雨前，月光一直很亮。她很确定那就是安布罗斯夫人。看起来，她经常打电话来询问孩子的事，而这个女仆会记下留言，所以她们打趣着，不时地看看她是不是走了。她们很晚才睡，因为另一个女孩儿隔天要参加她姐姐的婚礼，在弄裙子。她们说安布罗斯夫人一直待到了十二点差十分。我想这已经足够说明问题了。”

希娃小姐点了点头。

“嗯，是的。”伴随着银针的咔嗒声，她爽朗地看着两个男人。“这样的话，我们可以说，大部分十点一刻到十二点这段时间，都有出处了。我们最好画个时间表。警官，也许您能帮忙记录下——

9:45——安布罗斯夫妇、安布罗斯小姐、彭宁顿小姐离开。

9:50 左右——马克·帕拉丁先生和理查德先生离开。

9:52 或 53——皮尔逊先生去书房道别，紧接着莱恩进去了，莱恩看到他进出。

几分钟后——弗雷先生去书房道别，时间很短。出来后，他发现皮尔逊先生在等他。他们俩去了弗雷先生的房间。

10:10——弗雷夫人去了书房和她叔叔谈话。

10:30——安布罗斯先生敲了书房门然后进去——弗雷夫人经过没有人在的另一间屋子出去了。

10:50——安布罗斯先生离开。

从这个时间到 11 点间——马克·帕拉丁先生去了书房。

靠近 11:30——马克·帕拉丁先生离开。弗雷先生和皮尔逊先生下楼去餐厅喝了点东西。弗雷先生听到前门关上的声音。同时，他还听到楼上帕拉丁小姐和弗雷夫人那侧的房间有关门声。

11:53——弗雷先生和皮尔逊先生上楼后，立即分开。弗雷先生回屋洗澡。”

瓦伊纳警官停下笔，一脸震惊。

“您刚刚说的是 11:53，希娃小姐？”

小罗杰的深灰色裤袜在忙碌的银针下转了个圈。

“是这么说的，警官。”

瓦伊纳依然盯着她，一脸不解。

“弗雷先生和皮尔逊先生都说当他们回房时是十二点零八分。”

希娃小姐咳了下。

“时钟被调过了。”

“天哪！”博斯托克上校惊呼。

希娃小姐依旧淡定地织着。

“皮尔逊先生的不在场证明自然引起了我的注意。表面来看证据确凿，另一方面，他丝毫没有隐瞒，整件事是他精心安排的。如果您翻翻他的笔录，就会发现他说得很平淡，‘帕拉丁先生指控了没有说出姓名的家庭成员后，我不能忍受任何人将矛头指向我。所以我在那儿等弗雷先生，一直和他待到十二点后——帕拉丁先生说他会在书房等到十二点。我和弗雷先生分别时已经是十二点十分了’。”

瓦伊纳快速地翻了下笔录，点点头。

“没有漏洞，希娃小姐。”

她歪了下头。

“您看，他很坦白，说得也很在理。家里其他人都不待见他。亲戚关系很疏远，多多少少处于淡漠状态，家里的年轻人他都是用教名来称呼的。帕拉丁小姐——安布罗斯先生——安布罗斯小姐。如果他是罪犯，大家都会松一口气。因此，想取得不在场证明的渴望是自然的、单纯的。但从另一个角度来看，却不是。如果他有杀害他老板的动机的话，这个看似单纯的不在场证明就显得十分有利了。虽然到目前为止，还没有发现任何动机，但一旦发现了，那么接下去的观点就很有意思了。”她又拿了团深灰色羊毛，接了下继续织起来。“第一点，如果您再看一下皮尔逊先生的笔录，他的描述是，当他去向帕拉丁先生道别的时候，莱恩已经在书房了。莱恩的笔录似乎和这个契合，但不尽相同。弗雷先生、弗雷夫人、安布罗斯先生、马克先生在去和帕拉丁先生告别的时候，都被问了这个半讽刺半开玩笑的问题：‘你是来自首的吗？’我很想知道，皮尔逊先生是不是也被问了同样的问题。

是的话，如果他内心有什么不可告人的秘密，那么这个问题很可能会让他觉得，他犯的错已经是众所周知了，那么他就有可能计划杀死帕拉丁先生。当然，所有这些都取决于他是不是有严重的失职行为。询问莱恩后，我得知当皮尔逊先生进去的时候，莱恩并不是已经在书房。莱恩拿着盘子上来时，皮尔逊先生刚好从走廊的另一头走过来，先莱恩一步进了书房。莱恩听见帕拉丁先生说：‘你好，阿尔伯特——你是来自首的吗？’”

“上帝保佑！”

希娃小姐敲了敲银针。

“没有必要把这点说出来。我们不确定皮尔逊先生是不是真有心事。他没有时间回答帕拉丁先生，因为莱恩进了书房，尽管在莱恩离开的时候，他又被喊了回去。关门前，他已经在走廊上了。我真的不想在这个小点上揣测太多，但我想之后可能要纳入考虑。”

瓦伊纳说：“关于这点，为什么皮尔逊先生要说，当他进去时，莱恩已经在书房了呢？”

“是的。”

“可能是因为他很在意自己的名声。”

“我没有忽略这个，警官。”希娃小姐咳了下继续说，“现在说说第二点。如果皮尔逊先生的不在场证明是假的，那么弗雷先生房间的钟一定被拨过了。我尝试去想会是什么时候呢。不会是在晚餐前，因为没有迹象表明会有人住在那个房间。而且，实际上帕拉丁先生是在晚餐时才做出指控的。也不可能是在做出指控到九点四十五分这段时间，因为皮尔逊先生和家里其他人待在一起。第一个时机是莱恩看到他和帕拉丁先生道别后离开书房到几分钟后，弗雷先生发现他在走廊等着。他可以利用这段间隔从后楼梯跑上去调整弗雷先生房间的时钟。”

博斯托克上校咕哝了下。

“这个年轻人可能干了些什么不能被当作证据，夫人！”

希娃小姐面对他质疑的皱眉并没有受到干扰，她急忙赞同。

“当然，这不算证据。我只是想告诉您我寻找证据的过程。昨晚九点四十五分的时候我回房，几分钟后，那个年轻的女仆波莉·帕森斯过来整理床铺。这让我想到，她周三晚上按惯例整理的时候，可能注意到了弗雷先生房间的时钟。今天午餐前，我找机会问了下她，以下是她的描述。周三晚上因为聚会的事，她先去帮忙清洗餐具。当安布罗斯夫妇九点四十五分离开后，路易莎派她去整理两位男士的床铺，而且因为没有时间晾晒，所以让她放几个热水袋在弗雷先生的房间。她从厨房后面的楼梯上去，经过弗雷夫人和帕拉丁小姐的房间时，看到皮尔逊先生正从弗雷先生的房间出来，沿着走廊跑向那一侧的后楼梯。她说当时还很疑惑他在弗雷先生的房间做什么。她进去整理床铺，放了几个热水袋，正当她直起身子时，瞄到了壁炉架那里的时钟，她暗想：‘糟糕，晚了！’因为时钟显示已经十点十分了。于是她又快步穿过走廊到皮尔逊先生的房间，那边时钟显示是十点零五分。她想帕拉丁先生要是知道时钟不准了，肯定会很生气的。她说下楼后到了厨房，就把这件事告诉了另一个女孩儿格拉迪斯和路易莎。”

博斯托克上校噘起嘴巴吹了个口哨。

瓦伊纳说："我们当时首先做的就是检查时钟。周四早上弗雷先生房间的时钟是准的——不过，那是肯定的。"

希娃小姐点了点头。

"皮尔逊先生可以在弗雷先生去洗澡时把时钟拨回来。他给我的印象是一个考虑非常周到的人。"她停顿了下，轻声咳了咳，继续说，"还有一点。弗雷先生说，他和皮尔逊先生十一点半后下楼去餐厅喝了点东西。当我问他是否能再精确点时，他回是的，他看了下钟，显示是十二点差十六七分，所以提议下楼去餐厅。当他们到了大厅，他听见前门关闭的声音。但马克·帕拉丁先生说他是在十一点半离开的，按推测应该是他关门的声音。要不是知道弗雷先生房间的钟快了一刻钟，这明显存在差异。而这个差异正印证了波莉的笔录。"

博斯托克上校又吹了声口哨。瓦伊纳说：

"大厅里有一个时钟，餐厅也有一个。弗雷先生自己会不会注意到这个差异呢？"

希娃小姐摇了摇头。

"我不这么认为。大厅里只有一盏灯，十分昏暗，至于餐厅，只有打开餐具柜的灯才能看到壁炉架上的时钟，而皮尔逊先生可以想尽一切方法阻止。这个很容易，毕竟喝的就在那儿。不管怎样，我不认为弗雷先生会注意到这点。他和他妻子久别重逢，满脑子都是自己的事。"

瓦伊纳很赞同。

"确实如此。那么，希娃小姐，现在哈里森先生随时都可能过来。”他眼里闪烁着狡黠的光芒。“我们得去开下保险箱。您觉得我们能在那儿找到皮尔逊先生的作案动机吗？”

希娃小姐一本正经地说：

“现在还不能下结论，警官。”

第四十三章
偷梁换柱

两点半，哈里森准时出现。三点差一刻的时候，他打开了詹姆斯·帕拉丁的保险箱。家里大部分人都到场了。除了希娃小姐，还有位不起眼的琼斯先生，他是伯尔顿领先的评估师事务所派来的。帕拉丁小姐抬眼看了看他，低声询问马克他是不是哈里森先生的助手。得到否定的回复后，她显然很吃惊，不过没再问什么。

保险箱打开了，哈里森退后了一步，瓦伊纳警官走上前，小心翼翼地提起一个褪色的红色皮箱，这个箱子正是帕拉丁先生死那晚抚摸过的。他戴着手套，轻轻放下，打开弹簧，掀开盖子。

“进一步动作前，我们得先检查下，哈里森先生。”

哈里森先生拿出一张清单，开始朗读：“钻石头饰——三年前评估价，4000 英镑。钻石耳环——同上，1000 英镑。钻石戒指——500 英镑。集钻戒指——200 英镑。侯爵夫人钻石戒指——150 英镑。半环箍钻石戒指——200 英镑。一对钻石手镯——1000 英镑。胸花装饰——2000 英镑。条状钻石胸针——100 英镑。旭日钻石——400 英镑。蝴蝶钻石——150 英镑。三叶草钻石胸针——200 英镑。”

“齐了，都对得上。”瓦伊纳漫不经心地问道，“琼斯先生，能否请您——”

所有人都盯着那些钻石。它们在黑暗中沉睡了那么久，却依然美轮美奂、闪闪发光，真是神奇。格雷斯·帕拉丁已经二十年没见过了，克拉拉的钻石——脑海里轻蔑地闪过，她从来没有真心喜欢过克拉拉。弗兰克·安布罗斯被带回去时，最后一次见他妈妈戴着这些。那会儿她病了，身体虚弱。在钻石的对比下，双眼无力且暗淡，但依旧和蔼慈爱。理查德、莉迪亚、菲莉达和艾略特·弗雷只在壁炉架上的画像中见过。马克倒是看过，还摸过，不过在他看来，这些钻石和碎石并无二般。他只希望这些形式化的流程赶紧结束，这样就能知道自己接下来的命运了。阿尔伯特·皮尔逊按理应该十分感兴趣，但此刻却表现得很冷漠。说冷漠可能不太贴切，他尴尬地围着桌子在人群外围徘徊着。以亲戚的身份未免有些牵强。那么以詹姆斯·帕拉丁秘书的身份？但这又与工作无关。隔着厚厚的镜片，他眨了眨眼，汗涔涔的双手麻木地插进口袋里。

琼斯先生说了声“麻烦让一下”，从他身边经过。

希娃小姐端庄地坐在桌子的最远端，双手放在膝盖上，目光明亮而坚定。琼斯先生——有点瘦小，皮肤白皙，看不出多大年纪。他戴了副老式弯曲的夹鼻眼镜，一套人造牙齿格外显眼。他径直走到桌前，俯下身，仔细观察起来，口齿不清地问：

“我在想，帕拉丁先生，您知道这些钻石中有些是赝品吗？”

马克不由挺直了腰，向前走了一步，和琼斯先生以及警官站在了一排，吃惊地问：

“您这是什么意思？”

琼斯从桌上拿了一支笔，用笔尖在三叶草胸针上方画了一圈。

“这个是赝品——很好的铅制玻璃。这个蝴蝶钻石也是——还有这个条状胸针。所有的单粒耳环和戒指。胸花装饰中心的大石头也是铅制玻璃。”

“什么！”马克简直不敢相信，“您确定吗？”

琼斯先生露出一口闪闪发光的假牙，同情地笑了笑。

“千真万确，帕拉丁先生。”

鸦雀无声。瓦伊纳警官望向希娃小姐，尽可能压抑着激动：“好了，这就是您要找的动机。”

希娃小姐咳了下，好像约定了般，大家齐刷刷地把目光投向阿尔伯特·皮尔逊。现在，不只是手上，他额头上也汗涔涔的了。即便是最不善于观察的人也能一眼看出他不太舒服，很不自在。

瓦伊纳转向琼斯先生。

“剩下的石头有问题吗？”

琼斯先生拿出一个袖珍放大镜，仔仔细细地查看每块珠宝，时间一分一秒地过去，似乎没完没了。最后，他收起放大镜，放回胸袋里，再次确认了结论后，便离开了。关门声在阿尔伯特·皮尔逊听来，就像世界末日的霹雳。他心跳加速，撞击得简直就要作呕。头发湿漉漉地黏在额头上。透过笼罩着薄雾的镜片，他觉察到大家的目光都聚焦在他身上。这是最糟糕的噩梦。他晕晕乎乎，听到瓦伊纳警官喊了下他的名字。

“您能来一下吗，皮尔逊先生？我想问您一两个问题。同时，我有义务提醒您，您所说的一切都将作为呈堂证供。”

他跌跌撞撞地走了过去，一屁股坐在椅子上，呆呆地擦着蒙着薄雾的眼镜。等他重新戴上，发现眼皮底下坐了位年轻的警员，手里拿着速记本，大家都盯着他——除了菲莉达，她的眼泪似乎随时都可能喷涌而出。再看看其他人，帕拉丁小姐的表情看起来像是要解雇一个不诚实的厨房女佣。

谈不上报复，但确实藏着一丝满足感。他现在不再是这个家的局外人，还没开口就已经受到了审判和咒骂。如坐针毡，他清晰地感受着环境中的压抑和逼迫。他一向是多余的，即将成为其他人口中很想他成为的那个替罪羊。好啊，他有不在场证明，看他们怎么办。他耸了耸肩，往前靠了靠，双手放在桌上。

“我很愿意配合您回答问题。”

警官和马克一起站在打开的盒子旁，钻石依旧闪耀着。莉迪亚·彭宁顿站在马克的另一边，移了移脚步，挽着他的胳膊。艾略特·弗雷一只手环住正在颤抖的菲莉达——她为什么在颤抖，真见鬼！靠着壁炉架，弗兰克·安布罗斯刚好站在他母亲的画像下面，一脸沮丧地盯着地面。桌子的另一头，戴着橡木胸针的希娃小姐显得十分淡定，精明的眼睛仿佛可以洞察一切。在她对面的另一个角落，哈里森先生的表情严肃且惊恐。帕拉丁小姐和理查德站在远处，而正对着阿尔伯特手肘的，是拿着速记本的年轻警员。

阿尔伯特·皮尔逊理了理思路，动了动僵硬的下巴，顶着所有震惊和指责的目光，坚定地问：

“那么——有什么问题？”

第四十四章
是她

扫码听本章节
英文原版朗读音频

瓦伊纳说：

“皮尔逊先生，很明显，这个发现会把嫌疑指向您。不是所有人都能调包钻石的。只有进入过这个房间并且有机会拿到帕拉丁先生钥匙的人才可以。而您，恰好符合这两项。因此，我有义务询问您，是不是有什么要交代的？”

阿尔伯特紧握着双手，平静而认真地说：

“是的。但恐怕我帮不了您什么。我对此一无所知。”

“钻石丢了，皮尔逊先生，换句话说，相当于丢了两千英镑。它们可不会自己长腿跑了。”

“是不会，警官。难道您没有想过，是帕拉丁先生自己调换的吗？”

“您是说，您是在他的指示下调换的？”

“当然不是。我只是提出，很难证明这不是帕拉丁先生自己做的。您自然会检查盒子上的指纹，但恐怕会让您失望。您看，帕拉丁先生一向都是自己保管这些的，他喜欢不时地拿出来欣赏——事实上，很难有人可以接近它们。”

停顿了下，瓦伊纳说：

“您倒是知道不少，皮尔逊先生。”

大大的圆形眼镜淡定地转向他。

“您在隐射什么呢？我是他的秘书。”

“很好。我说过有怀疑您的明显理由，还有些不明显的。周三晚上，您是否利用了秘书这个身份把弗雷先生房间的时钟拨快了一刻钟呢？”

话音刚落，阿尔伯特的脸色瞬间铁青，大滴大滴的汗水滚了下来。他双手完全瘫在桌上，使出所有力气努力保持着平衡。他喉咙更沙哑了：

“我不知道您在说什么。”

“我认为您应该清楚。那位叫波莉·帕森斯的女仆整理床铺的时候，目击到您从弗雷先生的房间出来。她很惊奇地发现那间屋子的时钟显示的是十点十分，而您房间的时钟显示的是十点差五分。两者相差了十五分钟，皮尔逊先生。您很谨慎，帕拉丁先生在书房等人去自首的嫌疑时段为自己找了个不在场证人。当您进去道别时，刚好过了九点五十分，莱恩，恰巧在您身后，听到帕拉丁先生说：‘你好，阿尔伯特——你是来自首的吗？’您没有时间回答，因为莱恩拿着托盘走了进来。我想您和弗雷先生在那儿都只待了几分钟，而您刚好可以利用这几分钟跑上楼，拨快时钟，然后再下来和弗雷先生见面，并且和他一直待到拨快的钟显示十二点零八分的时候，以便提供不在场证明。但其实，那会儿是十二点差七分——离帕拉丁先生设定的时间还差七分钟。您和弗雷先生道别后，弗雷先生随即去了浴室并打开了水龙头。您很清楚，帕拉丁先生还在书房——您还有时间去找他，并回答他刚刚问您的问题。如果您有事要坦白的话，那还来得及。如果您并不打算坦白什么，那么您也完全有时间通过一楼的任意一扇窗户到达阳台。浴室窗框这儿发现了您的指纹。和这个房子里的其他人一样，您知道，帕拉丁先生临睡前总是会去阳台。有人在那儿等着他，皮尔逊先生。有人把他推下了栏杆。我有责任告诉您——”

阿尔伯特·皮尔逊猛地把椅子往后一推，椅子撞坏了。他面如土灰，双手颤抖，努力撑着桌上，惊恐得近乎要晕倒了。但还没完——瓦伊纳正打算后退一步，从马克身边走过去，但希娃小姐拉了拉他的衣袖，阻止了他。

“等等！他有话要说。”

靠着桌子，他汗如雨下，浑身打战。他的目光直直地越过希娃小姐的头，求助地望向靠着壁炉架的弗兰克·安布罗斯。

“安布罗斯先生——您不能让他们这么做——您不能让他们逮捕我！您不能再沉默了，我也不能。我是无辜的，您知道。要是说我在事发地的话，您也在那儿，我们两个都是目击者。您不能就站在那儿什么都不说！如果事情不是发生到这个地步，我也会闭嘴，但事已至此，我不能不开口——我是被逼的！如果您不说的话，我来说——不过最好是由您说！”

震惊后一片寂静。所有人的目光转而聚焦在弗兰克·安布罗斯身上。他精疲力竭，面无表情。瓦伊纳警官突然喊了声：“安布罗斯先生？”他强行挺直身子，回答了警官无须说出口的问题。

“是的——我必须说点什么。皮尔逊没有撒谎。我认为您不能逮捕他。您也知道，我回来过。”

希娃小姐站了起来，调整了下椅子的位置，又坐下。现在不管向左还是向右看，阿尔伯特·皮尔逊和弗兰克·安布罗斯都在她视线内。此刻她的注意力集中在后者身上。

瓦伊纳说：

“根据今天下午的笔录，安布罗斯先生，您说你是在十点半左右回来见帕拉丁先生的。这和弗雷夫人的笔录一致，她提到您的叔叔在您进来时喊了您的名字。您还说，您在那儿待了二十分钟，然后起身回家了。是吗？”

“大部分是——除了，我没有回家。”

“您离开房子了吗？”

“是的，但没有回家。我会试着解释。我本来是打算回去的，但我不想那么早到家。我因为我继父的事感到很苦恼，他告诉了我他的打算，我能预见到那必将导致家庭破裂。那晚月色很好，我想独自想想，于是沿着石桥走了很长的路——大概三英里。当我快到自己家门口时，我看了下手表，那会儿是十一点四十五分到五十分之间。我不太想进去——我觉得必须回去看看怡水别墅那儿发生了什么。我知道我的继父还没有睡，于是打算从阳台那儿走，这样他出来时就能看到我，或者敲玻璃门请他让我进去。我走的是步行桥和悬崖小径那条路。白天通常要花七分钟，那晚可能花了十分钟——因为我没有很赶。我当时已经想好了，还是等他到阳台来比较好——可能书房里还会有别人。快到时我停住了，身后乌云密布，不过河面上还折射着一点月光。沿着河岸，我可以看到栏杆，也能区分窗户和房子的白色墙面。我看到我继父浴室的窗户打开了，那是个上下推拉窗。有人从下半部分探出身子来。”

“您看到是谁了吗？”

“没有。那会儿我以为是莱恩。肯定不会是我继父——他的身高我不会搞错的。”

“那可能是皮尔逊先生吗？”

弗兰克·安布罗斯漫不经心地说：

“嗯，是的，是皮尔逊，不过我是后来才知道的。”

希娃小姐抓住时机看了阿尔伯特·皮尔逊一眼。他站得笔直，一只手插在口袋里，一只手还撑在桌上。他拿着一大块白色手帕，她想应该是用来擦汗的。他的脸已经不再铁青着，像是个被缓期行刑的人。她的目光又缓缓移了回来；年轻的警员正忙着速记；理查德·帕拉丁站着；帕拉丁小姐站得笔直，脸色煞白；哈里森先生依然惊恐。而弗兰克·安布罗斯已经是一副山穷水尽的样子。

她身后的瓦伊纳提醒了下：

“您还要继续吗，安布罗斯先生？”

大家这才缓过神，意识到已经停顿了很久。接下来说的一切都将不可挽回，因为这儿有人，见证了詹姆斯·帕拉丁先生之死。不管是坦白还是控告，那些话，一旦说出口，就如泼出去的水，无法再收回了。

弗兰克·安布罗斯疲惫而平静地说：“这间房间和隔壁我母亲的房间很像。我看见我母亲房间的玻璃门打开了。有人出来，向阳台走去。”

“不是皮尔逊先生？”

“不，不是皮尔逊。我听到路边孤儿院的时钟敲了第一下。就在那会儿，我的继父从房里走出来，经过阳台走到栏杆边上。从我母亲房间出来的人跟在他后面。我不想打扰，就站在那儿。我根本没想到接下来会发生什么——事发前，根本不会想到会发生那样的事。我看到我的继父被推了下，我看到他摔了下来，推他的那个人跑回我母亲的房间。这一切太快了，哪里来得及反应。接着就下雨了。我口袋里有一个手电筒。我拿出来打开，朝阳台那边照去。光线摇摆得很宽，然后我在浴室窗户那边看到了皮尔逊，不过直到刚才，我才知道他也认出了我。我走过去，雨下得太大了——我什么也看不清。我走到河边的小路上，发现我的继父躺在那儿，一动不动。等我确定他已经停止了呼吸，就回家了。”

又一阵停顿。瓦伊纳严厉地说：

“您应该告诉警察您看到的事，安布罗斯先生。”

弗兰克·安布罗斯无力地附和：

“是的。”

“如果您没说，是什么动机让您保持沉默？”

这回，没有回答。

“安布罗斯先生——我必须得问，您是否认出了从过世的帕拉丁夫人房间走出来的人？”

阿尔伯特·皮尔逊倔强地站在桌子末端，斩钉截铁道：

“他当然认出了。我也是。”

瓦伊纳直直地盯着他。

“您说您认出了。能否解释一下怎么认出的？安布罗斯先生刚刚说，灯光很暗，直到开了手电筒，灯光照到了，他才认出您。”

阿尔伯特点点头。

“她出来的时候，房间里有盏灯——所以我看到了。我看到她出来，也看到她回去。灯光就照在她脸上。”

代名词就像电击一样，艾略特·弗雷紧紧挽住了他的妻子。莉迪亚深深地倒吸了一口气。瓦伊纳问：“您说是位女士？”

“当然。”

“哪位女士？”

弗兰克·安布罗斯向前走了一步。

“皮尔逊——”

但阿尔伯特摇了摇头。

“保不住了，安布罗斯先生——我没办法隐瞒，我不打算为她辩护了，就这样。你们的心思我都知道。这就是为什么我要在时钟上做手脚。如果我没有不在场证明的话，你们都会一口咬定我就是那个做了亏心事需要自首的人。但是现在没门，现下已经涉及谋杀。我看清了是谁从那扇门里出来，您没法否认。”

他转向瓦伊纳，突然提高了音量：

“是帕拉丁小姐。”

第四十五章 水落石出

屋子如死水般寂静。连年轻的警员都不禁猛地抬起头，好奇这颗炸弹扔向了谁。他淡褐色的眼睛迅速扫视，对面是弗雷先生和他夫人——天哪，他看起来真严肃！而她张大嘴巴，似乎下一秒就要惊叫起来，只是什么声音都发不出。彭宁顿小姐和马克·帕拉丁先生——他们看起来脸色很差，像是被人打了，似乎要昏厥了。警官——意料之中，或者意料之外，实在难以分辨。那位希娃小姐同样看不出，她像是一杯怪茶，捉摸不透。现在，安布罗斯先生知道将会发生这一切丑闻，他心知肚明，却还想带进坟墓。这也正常，当事情发生在自己家人身上，大部分人都会这么选择。

一瞬间，大家都转身看向格雷斯·帕拉丁。她坐在直背椅上，一动不动。她脸色惨白，没有一丝血色。双手瘫在膝盖上。没有移动、没有变化，不是因为虚弱，而是因为无法控制，散发着可怕的紧张气息。有那么一秒，她眼中泄露出极力控制的情绪，很难描述这种情绪……除了暴力，他想不出更好的词了。他心里暗暗吃了一惊：天哪——是她做的！

希娃小姐的咳嗽声打破了沉寂。她倾身向前，低头向艾略特·弗雷建议：

“弗雷先生，我能否提个建议，弗雷夫人没必要待在这儿了。”

格雷斯·帕拉丁动了下。她望向希娃小姐看着的地方，目光停留在艾略特肩头那面如土灰的脸上。接着她平静而深沉地说：

“菲莉达要留下。”

艾略特弯下腰，嘴唇动了动，说了些什么。菲莉达摇了摇头。

格雷斯·帕拉丁说：“既然她已经听到了这可怕的指控，那我也要让她听听我的回答。”她转向警官。

一阵眩晕后，菲莉达模模糊糊听到警官警告她，正如刚刚警告阿尔伯特·皮尔逊一样——“您说的每一句话……都将作为呈堂证供……”整个房间都像笼罩着一层浑浊的迷雾，飘来飘去，看不清任何人的脸。她头靠在艾略特的肩头，感到来自他手臂的力量。好在，还有他的陪伴。

帕拉丁小姐淡定地听完官方说辞。

“谢谢，警官。我自然会尽我所能澄清所有的事。我本应该想到，这样的指控会来自一个承认事发时在场的人——”

哈里森先生坐在她旁边，倾身耳语了一番。她没有转身，只是稍微摇了摇头。

“谢谢您——我还是说出来的好。这个指控当然是很荒唐的。皮尔逊先生的用意很明显。”她的目光在钻石上停留了一会儿。“他承认自己制造了不在场证明。他承认我哥哥摔下去的时候，他在场。我真的不知道，您还想要什么。”

瓦伊纳直直地盯着她的脸。

“除了皮尔逊先生，还有个目击证人。”他猛地转过去，“安布罗斯先生——”

格雷斯·帕拉丁也转了过去。

“好啊，弗兰克，似乎取决于你了。你可以马上处理掉这一切。”

四目相对，她用命令的眼神看着他。现在没了怒气，没了暴力，她在冷静地微笑着。这是他人生中最可怕的时刻。如果她对他不那么肯定，对自己没那么大把握，可能还会容易些。她盯着他的眼睛，诡异地笑着，等他来为自己澄清，像是吃定了他肯定会照办。他只需要说，从克拉拉·帕拉丁房间出来的，是一个陌生人——太高、太矮、太胖、太瘦，反正不可能是格雷斯·帕拉丁。他只需要说，他看到的是一张从没见过的脸。他心跳加速，周围的一切令他作呕，他做不到。看着那双权威的眼睛，他做不到。万事万物，因果循环——做过什么，有什么报应，对自己、对别人——所谓公正、所谓犯罪，不可避免的联系——他爱着那位死去的男人，比大多数儿子对父亲的爱还要深沉——他本性固执，刚正不阿——这些东西束缚着他。他顶住了那个微笑的要求，微笑转瞬化为愤怒。

她深沉而饱满地说：

“说吧，弗兰克——大家都等着呢。毕竟我当时不在场，你不可能看到我。你只要说出来就行了。”

他支支吾吾：“我不能——”

话音弥散在等待的一片寂静中。话一出口就没办法收回了。他忽然感到一阵恐怖的轻松。

瓦伊纳说：“您认出是帕拉丁小姐了吗？”

“是的——”这个词说得不高不低，刚好能清晰地听到。

格雷斯·帕拉丁站了起来。

“等等，警官。我想我有权利要求您验证这非同寻常的指控。既然我的侄子说，他看见我从我嫂子的房间出来，我只得假设他确实是这么以为的。我可以证明他搞错了，这点很容易证明。但在进一步动作前，有人应该要告诉我，我能有什么动机。毕竟，一个人要是没有动机，是不可能犯罪的，既然我并没有动机——”

瓦伊纳打断道：“有动机，帕拉丁小姐。当帕拉丁先生当着全家人的面说，有人背叛了家族利益，他暗指的是有人偷走了弗雷先生的蓝图。周三下午晚些时候，有人从文件袋中拿走了。晚上九点到九点一刻，又被放回这张桌子的角落里——我们有证人能把时间范围缩小到这个时间段。您是这个家里唯一一位在那段时间里曾经单独待过的人。您是唯一一位有机会把蓝图放回去的人。”

她轻蔑地看着他。

“真是荒唐。我现在真的是很难应付这件事。我想让您验证一下皮尔逊先生和安布罗斯先生刚刚说的话。我建议我们出去，走到阳台，或者安布罗斯先生应该出去，据他的描述，站在周三晚上的地点。皮尔逊先生应该去浴室，朝窗外看。我将从我嫂子的房间走出来，走到栏杆那儿，然后再回来。”

瓦伊纳敏锐地看着她。

“这么做是想证明什么，帕拉丁小姐？现在大白天的，这个验证一点意义也没有。要验证也得等到天黑后。”

格雷斯·帕拉丁笑了下，就像是女主人对客人自然而然流露的微笑一样，似乎一切都理所当然，瓦伊纳对此并不是毫无察觉。她优雅地说：

“当然，您可以按自己的想法去验证，警官。但我想您不会拒绝我的建议吧。这不会花费多少时间，而且我相信，即使是在大白天，我也能证明，安布罗斯先生或皮尔逊先生不可能看清从那个房间走出来的人。”

如果她态度不那么自信的话，瓦伊纳很可能会拒绝。但她泰然自若，十分理智，甚至说起话来也是不紧不慢；她装作已经得到了他的默许，朝门口走了一步——所有这些让瓦伊纳不得不败下阵来，

“很好，帕拉丁小姐，我不会拒绝的。不过我认为这意义不大。”

哈里森先生站了起来。他有些震惊，疑心重重地照料着可能成为他客户的帕拉丁小姐。这件事扑朔迷离，太可怕了。他在脑海里快速地搜寻了一遍，他的公司至今还未接手过谋杀案。他急切地想避免处理这个案子。

希娃小姐也起身，和哈里森一样，看着格雷斯·帕拉丁。帕拉丁小姐走进卧室，身后跟着刚刚做速记的年轻警员，可以听到

他们的声音，过了一会儿，传来窗帘拉上的咔咔声。

瓦伊纳说："来吧，安布罗斯先生——我们最好照着做。"

两个男人一起朝玻璃门走去。希娃小姐张了张嘴，但没有说话，快步跟了上去。书房里的人很快就散了。阿尔伯特·皮尔逊站在浴室窗户旁。理查德·帕拉丁、哈里森先生、马克还有莉迪亚跟着瓦伊纳和弗兰克·安布罗斯去了阳台。玻璃门还开着——艾略特和菲莉达站在不远处。

希娃小姐经过时，拉了下艾略特的胳膊，低声而不容置疑地说："就让她待在这儿，弗雷先生。千万别让她出去。"

他有些惊异于她的坚持。

此刻，只听瓦伊纳在喊："准备好了，帕拉丁小姐——"

站在阳台上的所有人都望向帕拉丁夫人房间的窗户——两扇大窗户和一扇玻璃门对着海湾。窗帘被拉上了，顺着窗户的曲条望去，透过玻璃可以看到玫瑰色的衬里，中间有一道暗色的缺口，一团玫瑰色的阴影移动着。玻璃门把手动了，门开了，格雷斯·帕拉丁走了出来。那儿有一些向下的台阶。她拾级而下，站在阳台的中间，先朝右边看了下，弗兰克·安布罗斯站在离客厅窗户最近的地方，然后她又向左边看了下，阿尔伯特·皮尔逊靠着浴室窗户。她扫视了下站在书房外的人，转身。

菲莉达不在那儿。但菲莉达必须在那儿。那双漆黑的眼睛不停地搜寻，直到看到她，就在书房里。但她没有往外看——没有往这边看。菲莉达必须看着——必须看到——必须记住这一切。年轻的警员就在她旁边，瓦伊纳正走过来。要争分夺秒，她想，然后响亮地喊了声：

“菲莉达！”

没有时间了，没有一点时间了。她看到菲莉达动了动，朝阳台走去。

瓦伊纳说：“怎么了，帕拉丁小姐？”

他们听到她回道：“没什么。”

但菲莉达在看，菲莉达正往外走。

现在——

菲莉达没能再往阳台那儿移动一步，艾略特狠狠地把她拉了回来。他一把转过她的脸，深埋在肩膀里，抱着她站着。

所以，她没能看到格雷斯·帕拉丁要她看到的——快步爬上栏杆，纵身一跃摔了下去。她没有亲眼看到，但她清楚，她在艾略特的怀里浑身颤抖，冰冷而无力。

第四十六章
祝福

那天晚上，希娃小姐和另外三个人聚在菲莉达的客厅——马克、莉迪亚和艾略特。菲莉达不在那儿。她一个人躺在床上，眼泪已经流干了，脑子里一片空白。但她知道艾略特就在门的那一边，再也不会离她而去了。她可以听到他的声音，还有马克的、莉迪亚的、希娃小姐的——听不清说什么，只能听到嗡嗡声，这让她感到安心。不久，她就会和艾略特一起离开，莉迪亚和马克也会离开。她深爱着艾略特，也爱着莉迪亚和马克。时过境迁后，她就能想到自己有多爱他们。但现在，她只是静静地躺着，听着他们的声音从耳边掠过。

房门的另一边，马克正在说话。

“我之前和博斯托克上校和瓦伊纳在一起，他们已经让线路恢复正常了。就像你说的，艾略特——政府部门希望一切能尽可能低调。没有提到蓝图的事。所有事情都要私下处理，不能公开。他们会向媒体说明詹姆斯叔叔是意外死亡，而她是因为心理失常而自杀。肯定会有很多流言蜚语，但一切都会过去的。”他深深叹了一口气，“我想她是疯了。”

希娃小姐干咳了下。小罗杰的裤袜快要织完了，还剩一个脚趾，有趣地吊在银针下。

“这不是通常意义上的疯。她知道自己的所作所为，而且控制着、掩饰着。但她，我想，多年来一直被一种最致命、最反常的欲望所控制着，以获得她在乎的人的感情。她和莫法特先生订婚破裂，不是因为什么道德问题，而是因为她渴望成为他第一个，事实上必须得是唯一的爱。弗雷先生，从您夫人和她的最后一次对话来看，一切显而易见。可怕的是，在最后一刻，她依然挣扎着想吸引弗雷夫人的关注。她知道自己已经失去了她，但仍然希望自己成为她人生中不可磨灭的阴影。她孤注一掷。”

艾略特急躁地打断：“别说这个了——真该死！”

希娃小姐慈祥地看着他，仿佛没有听到他说的话一样。

“所幸没有成功。您阻拦得很及时，弗雷先生。”

莉迪亚坐在一张大椅子上，她的头发在灯光下闪闪发光，脸色却比任何时候还要惨白——漆黑的睫毛下，一双绿眼睛里弥散着昏暗的光晕。但不管怎样，苍白的小脸现在松弛了，嘴角还有一丝颤抖的甜蜜。

马克坐在椅子扶手上，手搭在她的肩头。他们爱意满溢，平静和睦。马克缓慢地说：

“我去看了弗兰克。他被伤得很厉害。他说了整个过程，我应该告诉你们三个，其他人永远不用知道。是这样的，当他第一次回去的时候——他和警察说——”

希娃小姐咳了下，接话道：

“是的，帕拉丁先生——我在那儿。”

“他没有说太多，我只了解到——他回去聊了会儿。詹姆斯叔叔很看重弗兰克，弗兰克也是。事实上，他说了是谁拿走了蓝图。詹姆斯叔叔在克拉拉阿姨的房间看到了——她进来时，他刚好打开门回书房。他站在那儿没动，因为不想和她碰面。那天早些时候，他们谈论了一会儿——关于艾略特——他不想再重复那个话题，所以他没有出声。文件袋就放在桌上，蓝图在纸筒里，就在上面。她直接走过去打开袋子，拿走了纸筒，然后快速离开了房间。他放她走了。接着他便寻思该怎么惩罚她。他和弗兰克描述了对她的想法——说她拆散了艾略特和菲莉达，费尽心思破坏他和艾琳的婚姻。他说一年来，他都袖手旁观，因为不想把事情弄得更糟，不过他不打算再坐视不理了。他告诉弗兰克她拿走蓝图是为了让艾略特和公司起冲突，这样就可以让他离开伯尔顿。他说打算给点颜色她瞧瞧，他已经受够了。弗兰克十分震惊，也很沮丧。他试图说服他平静下来。他最担心的就是两个人都在气头上，见面会说些后悔话。最后，他建议詹姆斯叔叔写信跟她说。他觉得不管做什么，都比让他们面对面要好。詹姆斯叔叔给了他那封信的副本，他给我看了。这儿。我打算读一遍，然后就烧了。警察也有一份副本，但不会公开。”

他打开一张公司的信纸，大声朗读过世的詹姆斯·帕拉丁先生在新年夜写的信：

亲爱的格雷斯：

我亲眼看到你拿走了放着艾略特蓝图的纸筒。我想你会找到时机把它们还回来，但事情不会因此结束。今夜不适合会面，仅以信件来传达我的要求。

一、不可以再插手艾略特和菲莉达的事。不管他们有过怎样的分歧，都依然深爱着对方。有情人间的问题应该由他们自己处理，不应该再受你的干扰。

二、在合理时间内——不超过个把月——你需要租住公寓或房子。战争期间，这个房子将作为医院，而我会搬到伯尔顿的公寓去。

如果你依然想面谈，我会在书房待到十二点。但这些要求无商量余地。我建议你临睡时好好思考。

莉迪亚深吸了一口气。

“他给了她一封信？怎么给？”

“弗兰克拿过去，塞进她门缝。然后他就走了。我进来的时候，他刚好出去。我们在路上碰见过。”

莉迪亚又深吸了一口气。

“啊！你从来没有说——”

他露出一个转瞬即逝的微笑。

“弗兰克也没说，亲爱的。”

他站了起来，走向壁炉，把信纸扔向一根翘起的木棍，看着它燃烧成了灰烬。他呆呆地站在那儿，低头看着卷曲的灰烬，火苗来回滚动着。

“我在想，十一点半，艾略特听到她关门的声音时，她本来打算做什么。”

希娃小姐敲了敲银针。

“她可能打算下楼去见帕拉丁先生。听到前门关上的声音，她意识到弗雷先生和皮尔逊先生正穿过大厅，很自然就先回房了。”

马克弯下腰，用脚踩了踩木棍。烟灰碎了，火花飞溅，信烧光了。他苦恼地说：

“这就是我脑海里挥之不去的事情，您知道吗？要是她下楼去见了他，可能结局就不一样了——她可能就不会那样做了。”

银针又咔嗒咔嗒飞舞起来。

“这么想没好处，马克先生。我们不能去想可能会发生什么。我们无法抹杀过去，但我们可以防止它毒害未来。”

他说：“是的。”又坐回莉迪亚椅子扶手上。

艾略特突然问了句：“就这样了。那阿尔伯特呢？”

马克抬了下手，又放在膝盖上。

“我一直在和警察谈论他。我说我不会起诉，瓦伊纳给他定了私下和解罪。我指出我们没有证据表明他有罪。阿尔伯特说得很对——很可能是詹姆斯叔叔自己干的。虽然我们很明白，他并不会，但我们也清楚没有证据。阿尔伯特肯定会掩盖他的行踪。

不管怎样，假设我们拿到了证据——又能怎样呢？当务之急是竭尽全力摆脱那恶臭的深渊。老博斯托克赞成我的做法，说这件案子太难堪了，我觉得说难堪还只是轻描淡写。不管怎样，他把瓦伊纳喊走了，阿尔伯特会去参军。”

艾略特哈哈大笑。

“这场战争不亚于胜利了！”

马克说：“我得到了这个答复后，回来时看到了阿尔伯特。我告诉他最好老实交代，他照做了。不知道有多少撒谎的成分，应该不多，我想，他已经尽力了。听起来有些蹊跷，但我敢说大部分应该是真的。他母亲生病时，生活拮据。当时有一家公司，可以修理和改动很多贵重的首饰。他开始这里挑一块石头，那里挑一块石头，然后用一些没那么好的东西来替代——并非是铅制玻璃，而是一些真的宝石——轻一点的——质量差点的。他会把挑出来的宝石卖掉，私吞那些真宝石和替代品间的差价。很多人都这么做——他就是这样知道内情的。他母亲去世后，他来到了这里。他说自己很有抱负，不想再做那些不正当的勾当。他要让自己成为勤劳而体面的人，因为这比游走在犯罪边缘要值得多了。不幸的是，羞耻的过去被挖了出来——其实是他朋友伊奇。阿尔伯特说伊奇勒索了他。我不太相信这部分。我认为是伊奇提议，对克拉拉阿姨的宝石动手脚，然后阿尔伯特被诱惑了。当时珠宝黑市十分活跃。战后，我们主要的财迷对资本征税的前景十分焦虑，所以把很多东西都换成了钻石。克拉拉阿姨的钻石刚被评估过，因此短期内不可能被重新评估，或者做遗嘱检验。他和伊奇准备好了一切，就等一个时机。好，去年，詹姆斯叔叔卧床休养时，他被派去从保险箱里取一个文件袋，他抓住时机，顺手牵羊易如反掌。他拍了所有东西，仔细地测量了数据，伊奇提供了仿制品，阿尔伯特用以替代了真宝石。他自豪地认为自己是个技艺高超的手艺人——我不得不劝他不要再在这个主题上扩展了。”

希娃小姐咳了下。

“事实上，他对其他话题都了如指掌，并且非常渴望告知别人他所知道的一切。不过，皮尔逊先生似乎无法或者是不太愿意谈论任何有关他过去工作的事情，这点使我把注意力转向钻石方面。”

“您真聪明！”莉迪亚赞叹道。

希娃小姐谦虚地摇了摇头。

“哦，没有，”她说，“您看，皮尔逊先生的不在场证明自然是很值得怀疑的。然而，一个年轻人决定提前为自己找好出路，也确实能解释得通。他对弗雷先生说的每个字都是真的。他并不受欢迎，大家不喜欢他。假设是他招致了帕拉丁先生的不满，没人会同情。因此，结果就成了这样——如果他有谋杀帕拉丁先生的动机，就得验证不在场证明，而如果不在场证明是假的，那就能定罪了。在寻找可能的动机时，我自然想到了钻石，因此建议在打开保险箱时，最好有评估师在场。”

“您真是太、太机智了！”莉迪亚忍不住再次赞叹，“我们本来以为马克会被逮捕。就像站在最恐怖的悬崖边上，随时要跳下去。我想不到还有什么比这更恐怖的了。是您，救了我们。”

马克再次把手放在她肩膀上。

希娃小姐朝他们笑了笑。

“谢谢你们的厚赞。我倒不觉得马克先生真会出什么事。他是无辜的——从一开始，我就知道。他受到了惊吓，沉浸在悲痛之中，但没有一丝一毫的内疚或悔恨。而我来到这里的第一晚，发现了两个疑点。皮尔逊先生很紧张，谢绝谈论一切有关珠宝的话题。帕拉丁小姐在对抗弗雷先生时显得高度紧张，而对弗雷夫人的占有欲十分强。我对这类情感很敏感，事实证明这十分有利于我的工作。这种强烈的情感引出了谋杀动机，甚至比具体的证据还要确凿。我怀疑过帕拉丁小姐，同时也怀疑是皮尔逊先生。帕拉丁先生故意省略了指控人的姓名，让所有在别的事情上犯过错的人去自省。我很快就发现是帕拉丁小姐拿了蓝图，但我仍然认为行凶的有可能不是她，而是皮尔逊先生。我越是想他的不在场证明，就越觉得他有罪。在听了波莉的笔录后，就很难相信他是无辜的，而当琼斯先生告知珠宝被调包了，就确定他有罪了。”

一直保持沉默的艾略特·弗雷开口道：

“但他没有这样做。或者他做了？”

马克惊恐地看着他，莉迪亚不由惊叫了声：“啊！”

希娃小姐饶有兴趣地看着他。

“您的问题很有意思，弗雷先生。我能问一下您是怎么想到的吗？”

艾略特前倾着身子。

“阿尔伯特为什么去了浴室？”

希娃小姐咳了下。

“我也问了自己这个问题。”

“他没理由待在那儿，您知道——除非他在等帕拉丁先生去阳台。他在那儿至少待了五分钟。如果他不是在等这个，那是在等什么？要是他想见帕拉丁先生，大可以直接敲门去书房。但他没有——他在浴室窗户那边徘徊着，等待着。要我说，他只可能是在等一件事。”

希娃小姐微微斜了下头。

“确实如此。但是您忽略了弗兰克·安布罗斯的直接证据。他看见帕拉丁小姐从她嫂子的房间走出来，而且看见她把她哥哥推下了栏杆。他这么做，对皮尔逊先生来说真是天大的帮助，毕竟已经发现了窗框上有皮尔逊先生的指纹，足以证明他当时在浴室。”

“他在那儿干什么呢？”艾略特依旧穷追不舍。

希娃小姐又开始编织起来。针脚逐渐缩成一点。

“我可以告诉您我的想法，”她说，“但这只是猜测。除了皮尔逊先生，没人知道。以对他个性的了解，我试图设身处地地去思考。试想，当帕拉丁先生在餐桌上做了指控后，他是什么感受。有那么一刻，他必然会心虚，怀疑那番话就是针对他的。他的罪过暴露了。想想，这对他意味着什么。一直以来，他的形象都是勤奋刻苦的男孩儿、勤奋刻苦的年轻人，他已经身居机密要职，前途一片光明。可他发现，全部的一切一瞬间坍塌了，坠入万丈深渊。我想他去书房时，肯定万念俱灰，做好了最坏的打算。帕拉丁先生的那句‘你好，阿尔伯特——你是来自首的吗？’成了压死他最后希望的稻草。但莱恩的突然出现，使他丧失了回答的机会。之后，我猜他很快就有了计划。帕拉丁先生喊他回来，让他改动早些时候所写的信件。这只花了一点时间。莱恩走远之前，皮尔逊离开书房，从后楼梯迅速跑上去拨快了时钟。不在场证明已在计划内。我不确定帕拉丁先生的死是不是也在计划内，或者是在您房间时，他才想到——和您一样，除此之外，我想不到其他理由。不过，我倒不觉得他会按计划执行。无论如何，他没有采取行动。帕拉丁先生站在栏杆那儿时，他就待在窗户旁看着。他不可能指望帕拉丁先生一直待在那儿，但他没有行动。我认为，他并不想。他有计划，但是等真正要执行时，他却步了。他没有杀人的勇气。他处事一向平稳、有秩序。我只能说，我不相信他会去谋杀帕拉丁先生。”最后一针抽出，小罗杰的裤袜完全落在希娃小姐的腿上。“让我们想些愉快的事吧，”希娃小姐面带微笑，“您会和您妻子一起离开吗，弗雷先生？”

“审讯和葬礼一结束就走。”

“很明智。”

她转向马克和莉迪亚。

“希望你们永远幸福。”

莉迪亚感激道：“多亏了您。”马克接话：“她打算换个岗位，去接替阿尔伯特的工作。等这可怕的事过去后，我们就能立刻结婚了。我会把这间屋子捐出去，作为医院，或疗养院，或任何需要的东西。我们会搬去我的公寓。无论如何，都要重新开始。”

希娃小姐把小罗杰的裤袜卷了起来，和银针以及半团深灰色羊毛一起塞进编织袋里。然后起身，慈祥地看着眼前的三位年轻人，微笑着：“深深祝福你们。”

《女神探希娃》系列悬疑推理小说全集（32册）

帕特丽夏的系列侦探推理小说以各种谋杀案为叙事主题，设置悬念，故事情节惊险曲折，引人入胜，构思令人拍案叫绝，赢得了英国民众喜爱，在英国媒体《每日电讯》和犯罪文学协会举办的公众评选投票中名列前茅。不仅如此，该系列小说在美国、德国、法国、荷兰、意大利、葡萄牙等国广为流传，并跻身各国畅销书排行榜前列。

主人公希娃小姐是帕特丽夏塑造得最为成功的一个人物。读者把希娃小姐与柯南道尔塑造的福尔摩斯、阿加莎•克里斯蒂塑造的波洛相提并论。福尔摩斯善于推理，于种种细节中抽丝剥茧，得出案件的真相；波洛其貌不扬，有特殊的洁癖，却有着敏锐的观察和判断能力；而希娃小姐则善于伪装，深入到受害者家中，与各位嫌疑人对话。三人探案风格可谓大相径庭，带给读者别样的阅读体验！